Doce cuentos españoles del siglo XX

Parua sunt haec;
sed parua ista non contemnendo
maiores uestri maximam hanc rem fecerunt.

[Pequeñas son estas cosas;
pero no despreciando las pequeñas,
vuestros antepasados hicieron la más grande].

(TITO LIVIO, *Ab urbe condita*, VI,41,8)

Dirección de colección:
Ángel Basanta

NUEVA BIBLIOTECA DIDÁCTICA   ANAYA

Doce cuentos españoles del siglo XX

Fco. Ayala, C. Martín Gaite, Fco. García Pavón, A. Mª. Matute, I. Aldecoa, M. Fraile, L. M. Díez, J. E. Zúñiga, A. Pereira, J. Mª. Merino, J. J. Millás, Á. Pombo

*Edición, introducción, notas
y orientaciones para el estudio de la obra:*
Pilar Castro

Ilustración:
Tino Gatagán

© De «El tajo»: Francisco Ayala, 2002
© De «La trastienda de los ojos»: herederos de Carmen Martín Gaite, 2002
© De «El coche nuevo»: herederos de Francisco García Pavón, 2002
© De «Pecado de omisión»: Ana María Matute, 2002
© De «La despedida»: herederos de Ignacio Aldecoa, 2002
© De «Aquella novela»: Medardo Fraile, 2002
© De «Los temores ocultos»: Luis Mateo Díez, 2002
© De «Un ruido extraño»: Juan Eduardo Zúñiga, 2002
© De «Los brazos de la i griega»: Antonio Pereira, 2002
© De «El niño lobo del Cine Mari»: José María Merino, 2002
© De «Ella acaba con ella»: Juan José Millás, 2002
© De «Las luengas mentiras»: Álvaro Pombo, 2002

© De la introducción, notas y apéndice:
Pilar Castro, 2002
© De la ilustración: Tino Gatagán, 2002
© De esta edición: Grupo Anaya, S. A., 2002
Juan Ignacio Luca de Tena, 15. 28027 Madrid

Diseño y cubierta: aderal tres

Primera edición, abril 2002

ISBN: 84-667-1552-5
Depósito legal: Na. 1017/2002
Impreso en Gráficas Estella, S. A.
Ctra. de Estella a Tafalla, km. 2
31200 Estella (Navarra)
Impreso en España - Printed in Spain

Reservados todos los derechos. El contenido de esta obra está protegido por la Ley, que establece penas de prisión y/o multas, además de las correspondientes indemnizaciones por daños y perjuicios, para quienes reprodujeren, plagiaren, distribuyeren o comunicaren públicamente, en todo o en parte, una obra literaria, artística o científica, o su transformación, interpretación o ejecución artística fijada en cualquier tipo de soporte o comunicada a través de cualquier medio, sin la preceptiva autorización.

Índice

INTRODUCCIÓN

La época: De la Guerra Civil al fin de siglo. Contexto social y cultural 9

Literatura 12

Prosa narrativa: El género que más cuenta 16

Criterio de esta selección 22

Bibliografía selecta 23

DOCE CUENTOS ESPAÑOLES DEL SIGLO XX

El tajo. *Francisco Ayala* 27

La trastienda de los ojos. *Carmen Martín Gaite* 61

El coche nuevo. *Francisco García Pavón* 69

Pecado de omisión. *Ana María Matute* 75

La despedida. *Ignacio Aldecoa* 81

Aquella novela. *Medardo Fraile* 89

Los temores ocultos. *Luis Mateo Díez* 93

Un ruido extraño. *Juan Eduardo Zúñiga* 101

Los brazos de la i griega. *Antonio Pereira* 111

El niño lobo del Cine Mari. *José María Merino* 119
Ella acaba con ella. *Juan José Millás* 127
Las luengas mentiras. *Álvaro Pombo* 133

ORIENTACIONES PARA EL ESTUDIO DE LA OBRA

Propuesta de actividades 159
  I. Guía de lectura para cada cuento 160
    El tajo 160
    La trastienda de los ojos 161
    El coche nuevo 162
    Pecado de omisión 163
    La despedida 163
    Aquella novela 163
    Los temores ocultos 164
    Un ruido extraño 164
    Los brazos de la i griega 165
    El niño lobo del Cine Mari 165
    Ella acaba con ella 166
    Las luengas mentiras 166
  II. Actividades globales 168
Glosario de figuras literarias 169

Introducción

LA ÉPOCA:
DE LA GUERRA CIVIL AL FIN DE SIGLO.
CONTEXTO SOCIAL Y CULTURAL

De todos es sabido que el episodio histórico más trascendental en la vida social y cultural del siglo XX en España es, sin duda, la Guerra Civil. No solo por los tres años de conflicto bélico (1936-1939) que condujeron a la victoria del general Franco y a 40 años de dictadura —que obligaron a muchos partidarios de la República a exiliarse y buscar cobijo fuera de España, que pusieron fin a la guerra pero no trajeron la paz—, sino que ese largo período (que no concluyó hasta la muerte del dictador, en noviembre de 1975) supuso un importante paréntesis de aislamiento político internacional, de retraso en los cambios económicos, de mantenernos alejados de los avances del exterior, de privación de libertades, de interrupción en la importante actividad cultural desarrollada por las generaciones del 98, del 14 y del 27 y, por tanto, de retroceso acentuado por una censura que vigilaba todos los canales de expresión individual y colectiva.   *La Guerra Civil*

   La dictadura

Así fue hasta que la muerte de Franco puso fin al régimen franquista y disparó el inicio de un nuevo marco histórico asentado sobre un giro radical en su sistema de ideas y valores. Dos episodios fueron trascendentales en el camino hacia el cambio más relevante de la historia del siglo XX en España: el período conocido como «la transición», durante el que se fue forjando un nuevo orden político y social de la mano de organizaciones políticas que habían vivido en la clandestinidad y que se convirtieron en sus principales impulsores; y la aprobación en referéndum, el 6 de diciembre de 1978, de la   *La transición*

Constitución; con ella quedaba garantizada la democracia como un sistema de gobierno plural y abierto, a estilo de los países de Europa occidental.

Estas fechas son decisivas para encuadrar esos más de cincuenta años de nuestra historia política, social y cultural. Una historia sometida a un lento proceso de transformaciones que comenzó tímidamente, en la década de los años 60, por la iniciativa de grupos de oposición al franquismo, y se fue consolidando en la reconquista de las libertades sobre las que hoy se asienta

En diciembre de 1978, en solemne sesión conjunta del Congreso y del Senado, Juan Carlos I sancionó el texto constitucional, que había sido consensuado por casi todas las fuerzas políticas. Primera página del original de la Constitución Española de 1978.

un sistema democrático. En ese largo camino, el orden social sufrió las consecuencias de la emigración a Europa y América, del éxodo del campo a la ciudad provocado por un proceso de industrialización acelerado, de un sistema educativo deficiente que desde el ámbito universitario reivindicaba apertura y cambios. Por su parte, el panorama cultural luchaba por abrir nuevos cauces de expresión y acabar con la estrategia seguida por el régimen, durante los años 40 y 50, de silenciar los problemas reales del país a base de espectáculos de entretenimiento y evasión (no olvidemos que ese tiempo de posguerra era el del desarrollo de los seriales radiofónicos, del fútbol y los toros, y de un cine y un teatro que solo admitían lo cómico o lo folletinesco; la Televisión Española no se crearía hasta 1956). *Lentitud de las transformaciones*

En este ámbito fue decisiva la llegada de la democracia y, con ella, la apertura a la pluralidad y a la diversidad de ideas, a la libertad de expresión, a la difusión de nuevas pautas culturales favorecidas por la creación, en 1977, del Ministerio de Cultura, a la revolución de los medios de comunicación que consolidaría la década de los años 90. Bien es verdad que también hubo que aprender a digerir y a convivir con ese nuevo régimen de vida social y cultural en libertad. Pero el nuevo estado de ánimo propiciaría la conquista y el asentamiento del mundo cultural que hoy conocemos. *La democracia*

LITERATURA

La literatura que llenó la época que va de la inmediata posguerra hasta el último decenio del siglo XX, además de acercarnos al ambiente social y cultural de todos esos años, traduce el estado de ánimo de las diferentes generaciones de escritores que tomaron esa realidad como referencia para contarla o para transformarla en material de novelas, cuentos, obras de teatro o poemas. Sus libros son, por tanto, no solo el mejor testimonio de un tiempo que fue recuperando la palabra a través de la voz de sus autores, sino también el reflejo de los cambios de ánimo para describir, combatir e interpretar el mundo que les rodeaba.

Literatura y realidad
Para entenderlo, basta comprender que quienes fueron testigos directos de la guerra (Francisco Ayala, Camilo José Cela, Carmen Laforet, Miguel Delibes, Gabriel Celaya, Blas de Otero, Antonio Buero Vallejo, entre otros) dejaron que la realidad política y social vivida se colara en sus obras sin que la imaginación y el estilo disfrazaran unas vivencias que pretendían ser testimonio realista del deterioro social y del sentir desencantado de esos años. No podía ser de otro modo.

Literatura y denuncia
En cambio, los llamados «niños de la guerra» (Ignacio Aldecoa, Carmen Martín Gaite, Rafael Sánchez Ferlosio, Jesús Fernández Santos, Ana María Matute...), que comenzaron su andadura literaria en los años 50, lo hicieron con el espíritu crítico propio de jóvenes, en su mayoría del ámbito universitario, dispuestos no solo a reflejar la realidad a la que ellos asistían, sino a servirse de sus argumentos para juzgarla, combatirla y denunciarla. Ellos incorporaron a sus libros referencias que silenciaron sus mayores; ampliaron sus temas, hablaron de problemas sociales, colectivos, y también de asuntos

Francisco Ayala (1906) nació en Granada. Sociólogo y escritor, entre sus obras destacan El jardín de las delicias, *premio de la Crítica 1972,* Recuerdos y olvidos, *memorias que le valieron el Nacional de Literatura de 1983. Miembro de la Real Academia Española desde 1983; en 1991 obtuvo el premio Cervantes y en 1998 el Príncipe de Asturias.*

personales, individuales; del mundo exterior y también del mundo interior de sus personajes.

Unos y otros, aunque con significativas diferencias entre ellos, componen la importante nómina de autores realistas de la posguerra (años 40 y 50). Entre todos consiguen que la literatura española salga del silencio y la posterior convalecencia en la que se sumió tras la decisiva experiencia de la Guerra Civil. Son, por tanto, parte de una historia que contiene novelas como *La familia de Pascual Duarte* (1942), *Nada* (1945), *La colmena* (1951) o *El Jarama* (1956); obras de teatro como *Historia de una escalera* (1949) o *Tres sombreros de copa* (escrita en 1932, aunque se estrena en 1952) y una obra poética representada por títulos como *Hijos de la ira* (1944), *Pido la paz y la palabra,* y *Cantos iberos* (ambas de 1955), todas ellas imprescindibles.

La otra parte de esta historia la inician quienes protagonizan, en la década de los años 60 (autores como

Escritores de la posguerra

La búsqueda de nuevos caminos de expresión

Diversidad de temas y estilos

Nuevas voces

Luis Martín Santos, Juan Marsé, Juan Benet, Jaime Gil de Biedma, José Ángel Valente, entre otros) la búsqueda de nuevos temas y de nuevos caminos de expresión. Esta época se aleja, en el tiempo, de lo sucedido y desde esa distancia el talante es otro. El daño por lo vivido no está curado, solo «anestesiado». Y las lesiones parece que duelen menos. Es más fácil, por tanto, distraerse de los problemas reales, tratar otros asuntos y dar prioridad a enfoques más estéticos, más literarios, menos testimoniales. De esos años hay una novela especialmente relevante, porque inaugura ese cambio y porque pone título a ese nuevo talante, es *Tiempo de silencio* (1962) de Luis Martín Santos.

Pero esa nueva línea se verá interrumpida, a mediados de los años 70, por el fin de la dictadura y el afán de consumir de golpe las nuevas libertades. La literatura vivió, entonces, unos años de experimentos estéticos, de dispersión. A esta situación puso freno la década de los años 80, que es la que retomó el rumbo y disparó la diversidad de temas y estilos con los que hoy se presenta ante sus múltiples lectores, porque la literatura reunió fuerzas para inventar toda clase de peripecias, disfrazar de ficción la realidad presente y la del pasado, entretener, divertir, inquietar... En definitiva, la literatura recuperó su cometido.

El fin de siglo consolida esa etapa plural y abierta que reúne a los mayores y a los que se consolidaron a lo largo de esos años —Francisco Umbral, Fernando Arrabal, Francisco Nieva, Pere Gimferrer, Leopoldo Panero, Félix de Azúa, Claudio Rodríguez, Gonzalo Torrente Ballester, Manuel Vázquez Montalbán, José Caballero Bonald, José María Merino, Julio Llamazares, Juan José Millás, Luis Mateo Díez, Eduardo Mendoza, Álvaro Pombo, entre otros autores— con las voces que se asentaron en la década de los años 90 (Antonio Muñoz Molina, Felipe Benítez Reyes, Luis García Montero, Luisa Castro, Belén Gopegui, Juan María de Prada...). En fin, es imposible nombrarlos a todos, ni siquiera es fácil resumir la importante aportación de cada uno al amplio panorama de los últimos veinticinco años de la literatura del siglo XX. Pero sí podemos afirmar que los aquí mencionados, junto a otros muchos que no lo están, completan un capítulo de esa otra parte de la historia iniciada tras la rabia y el desencanto de la posguerra. Capítulo que sigue abierto a otros nombres y a muchos títulos de los que el tiempo se encargará, porque él es el mejor y el único juez cuando se trata de poner calificativos a la literatura.

PROSA NARRATIVA:
EL GÉNERO QUE MÁS CUENTA

¿Por qué la narrativa merece especial atención en un capítulo que intenta resumir 50 años de literatura? Porque de entre todas las formas que puede escoger un escritor para expresarse, ella es la que ha sido capaz de romper el silencio que impuso la Guerra Civil y de imponerse sobre esos hechos decisivos intentando, a través de novelas y cuentos, ordenar y explicar el caos del mundo. Y es que el afán de contar historias, que desde siempre ha acompañado al ser humano, encontró en el arte de narrar un cauce para recrear lo vivido durante esos años de convalecencia, y para inventar alternativas a la realidad cuando (en las décadas de los años 60 y 70) comenzó la posterior recuperación.

El afán de contar historias

Pero ocurre que, por razones que tienen que ver con el funcionamiento del mercado editorial, propagador de esas historias, y con la costumbre de los lectores de identificar narración solo con novela, esa otra forma de relatar vivencias o sucesos que es el «cuento» fue quedando relegada a un segundo plano, como si fuera el hermano menor de la novela, como si esa palabra solo sirviera para designar la tradición de cuentos infantiles.

Este error hoy empieza a subsanarse. Cierto que el cuento sigue ocupando un lugar menos relevante para los lectores, en parte, debido a la propia confusión provocada por el error de llamar «relato» al «cuento literario», intentando distinguir así entre narraciones largas y cortas (como si la extensión fuera la única distancia entre la novela y el cuento), y en parte, porque, aunque son muchos los escritores que se dedican a él y muchas las editoriales que le reconocen su importancia, su for-

Cuento y novela

Ignacio Aldecoa (1925-1969) nació en Vitoria. Representa la tendencia neorrealista dentro de la narrativa española de los años cincuenta. Entre sus obras destacan Gran Sol *(premio de la Crítica 1958),* Con el viento solano *y* Los pozos, *además de los libros de relatos y cuentos* Espera de tercera clase, Vísperas de silencio *y* El corazón y otros frutos amargos. *Retrato del autor, de M. Mampaso.*

ma breve le obliga a condensar la acción, a suprimir aclaraciones sobre la trama y sus personajes, a sugerir más de lo que se cuenta de manera explícita en una novela. Y eso exige la implicación de un lector no siempre dispuesto al esfuerzo de complicidad que se le pide.

Quienes se ocupan de matizar y aclarar estas diferencias acuden a la explicación dada por uno de los maestros del género, Julio Cortázar. Decía este que entre la novela y el cuento hay una relación similar a la que existe entre el cine y la fotografía. El primero encadena escenas que componen secuencias que ofrecen una historia. La segunda selecciona una imagen y en ella se concentra lo que su autor desea contar. Detrás de esta idea está la de José María Merino, uno de los cuentistas de esta antología, cuando sostiene que los cuentos son, efectivamente, como «instantáneas de la vida»; aunque en ellos debe haber acción, movimiento, pues no se limitan a ofrecer una foto fija. Y está también la explicación de quienes defienden que el género al que más se aproxima el cuento es a la poesía, precisamente por la brevedad y la intensidad que requiere narrar la vida en fragmentos.

Estas aclaraciones no son más que recomendaciones para acercarse al cuento moderno sin recelos. O al menos servirán para saber que ante cualquier narración de estas características, sea cual sea su extensión, hay que mantenerse alerta, porque lo que en realidad contiene son dos historias: Una, evidente, la que nos distrae al ponernos frente a una situación, unos personajes y la trama que les ocupa. Otra, que un experto cuentista argentino, Ricardo Piglia, llama «secreta», porque está en segundo plano; descubrirla es acertar con el sentido de lo que busca contar su autor a través de «lo no dicho», del «sobreentendido», es, en definitiva, la que permite disfrutar doblemente de todo lo que el cuento ofrece.

El cuento moderno

En este mismo sentido hablan las palabras que el escritor estadounidense Nabokov dirigió en su día a sus alumnos en Estados Unidos: «Si aprenden a mirar los detalles en la literatura descubrirán que la vida está llena de detalles y tendrán una experiencia de la vida mucho más intensa y mucho menos estereotipada, aprenderán a mirar y a vivir leyendo».

Nuestra selección

Esa es la intención que respalda a quienes los escriben y que debe animar a quienes se acercan a su lectura. Y es, desde luego, la que está detrás de la obra de cada uno de los narradores aquí seleccionados para ilustrar lo que este género representa desde la década de los años 50. No están, evidentemente, todos los que lo son, pero todos los que aparecen están respaldados por una reconocida obra cuentística y ofrecen un ejemplo clarificador de que sus textos son el resultado de una mirada atenta sobre la realidad. O lo que es lo mismo: de que «todas las historias del mundo se tejen con

Carmen Martín Gaite (1925-2000). Su novela Entre visillos *logró el premio Nadal 1957 y fue la primera mujer que obtuvo el premio Nacional de Literatura por* El cuarto de atrás *(1978), galardón que recibió de nuevo en 1994 por el conjunto de su obra. En 1988 obtuvo el Príncipe de Asturias. Entre sus últimas novelas destacan* La reina de las hadas *(1995) y* Lo raro es vivir *(1996).*

la trama de nuestra propia vida» (como defiende el citado Piglia); de que cada historia ofrece una metáfora, una imagen de la realidad a la que alude su autor.

El mecanismo para conseguirlo es el que exige la ficción: seleccionar un hecho concreto de la vida social o política, un recuerdo, un sueño o una circunstancia de la condición humana, para convertirlo en materia de un argumento que solo se plantea, sin someterlo al desarrollo normal de la novela. Y solo en virtud de la imaginación y el ejemplar uso que se haga del lenguaje resultará un relato inesperado y sorprendente. Doce autores, nacidos entre 1906 y 1946, así lo demuestran en los doce cuentos de esta antología. Doce títulos que, ordenados de acuerdo con la fecha en que fueron publicados (entre 1949 y 1997), son la mejor prueba de todo lo afirmado en estas páginas: de lo que el género representa en la segunda mitad del siglo xx, de cómo evoluciona y se impone a partir de los años 50, de la variedad de sus temas y del amplio y plural tratamiento que estos reciben según la época que los acoge.

Por eso «El tajo» (1949), de Francisco Ayala, abre la selección. Él es el mayor de los escritores escogidos, el que vivió con más edad en el entorno de la guerra y dio respuesta a lo vivido con las armas de una asombrosa imaginación. Suyos son libros de cuentos tan destacados como *La cabeza del cordero* (1949), *Los usurpadores, Historia de macacos* (ambos de 1955) o *El rapto* (1965). Pero es ese título, «El tajo», el que interesa destacar por lo que representa y lo que ofrece: una extraordinaria narración sobre el «corte» que supuso la Guerra Civil no solo en la historia social de España sino en la experiencia familiar y personal de quienes, ajenos al conflicto, de un modo u otro se vieron implicados.

Los autores seleccionados

Tras él, que no fue un caso aislado, pero sí el más destacado de los que en su época se dedicaron al cuento siendo un género menor, todo ese grupo de comprometidos escritores y escritoras (porque también las mujeres se incorporan a la literatura) que compone la «generación del medio siglo» llenaron de cuentos magistrales los años 50 y 60. Los escogidos —«La trastienda de los ojos» (1954), incluido en *Cuentos completos* de Carmen Martín Gaite; «El coche nuevo» (1961), de Francisco García Pavón, en *Cuentos republicanos*; «Pecado de omisión» (1961), de Ana María Matute, en *Historias de la Artámila*; «La despedida» (1961), de Ignacio Aldecoa, en *Cuentos*; «Aquella novela» (1964), de Medardo Fraile, en *Cuentos de verdad*— responden a temas que no solo se ciñen a una realidad única y concreta (la de la posguerra) dominada por un tono desesperanzado, por personajes humildes y perdedores..., sino a un mundo mucho más amplio, observado desde diferentes perspectivas, abierto a sus múltiples secciones, a situaciones de cualquier tiempo, a tonos graves y humorísticos...

Sus historias (y las de quienes no están aquí, como Jesús Fernández Santos, Rafael Sánchez Ferlosio o Alfonso Sastre), además de dejar constancia de que «España, en sus cuentos, se narraba en tercera persona, con fidelidad», en palabras de Medardo Fraile, inundan el panorama narrativo de nuevas maneras de tratar los más variados asuntos humanos. Después el cuento dejó de ocupar un lugar destacado. Pasó a confundirse con el relato breve, se vio arrinconado por la difusión de la novela. Su renacer se localiza a finales de los años 80. En esa década comienza el reconocimiento abierto de una consolidada tradición de cuentos literarios; se les acoge en periódicos y revistas especializadas, se difunden a través de editoriales que lanzan reediciones y antologías, se entregan a él muchos escritores, conscientes de que su técnica es más compleja que la de la novela, y se ganan el favor de muchos lectores.

Ya no se puede hablar de grupos generacionales, sino de autores que individualmente aportan libros de indiscutible calidad, de estilos y registros diversos, de asuntos que tratan el amor, la soledad, la incomunicación, el miedo... Unos fantásticos y otros realistas. A esa pluralidad responden: «Los temores ocultos» (1973), de Luis Mateo Díez, en *Memorial de hierbas*; «Un ruido extraño» (1980), de Juan Eduardo Zúñiga, en *Largo noviembre de Madrid*; «Los brazos de la i griega» (1982), de Antonio Pereira, en *Cuentos para lectores cómplices*; «El niño lobo del Cine Mari» (1982), de José María Merino, en *Cuentos del reino secreto*; «Ella acaba con ella» (1989), de Juan José Millás, en *Primavera de luto y otros cuentos*; y «Las luengas mentiras» (1987), de Álvaro Pombo, en *Cuentos reciclados*.

Los autores seleccionados

Todos ellos comparten protagonismo y reconocimiento con otros nombres imprescindibles en el variadísimo y rico panorama actual: desde Laura Freixas, Ignacio Martínez de Pisón, Almudena Grandes..., hasta los más jóvenes: Felipe Benítez Reyes, Juan Bonilla, Antonio Soler, Luis Magrinyà, Juan María de Prada... Unos y otros son el mejor testimonio de que hay razones de peso para salir en defensa del cuento por haberse consolidado como uno de los géneros que más cuentan.

Otros nombres de la narrativa actual

CRITERIO DE ESTA SELECCIÓN

Seleccionar doce cuentos españoles del siglo XX que permitan acercar al alumnado de Secundaria una muestra, asequible y con calidad literaria, del género supone comenzar por concretar el marco temporal en que este desarrolla todas sus posibilidades. Y ese marco comienza en la década de 1950 y llega hasta nuestros días. Así pues, el criterio viene impuesto por ese extraordinario impulso del que ofrecen sobradas muestras obras y autores. Pero había que escoger, y aunque aquí están solo algunos de los nacidos antes de 1950, todos los que figuran están respaldados por una obra cuentística amplia y de enorme reconocimiento. Si en la selección hemos optado por prescindir de sus fechas de nacimiento para dar prioridad al año de publicación es por considerar que estos cuentos, así ordenados, permiten contar la historia social de la España de esos años y la evolución que experimenta la narrativa en la segunda mitad del siglo. De todo ello informamos en el estudio introductorio, importante puerta de acceso para obtener mayor provecho del libro. A esto contribuirán también las notas léxicas que acompañan a cada texto, las aclaraciones a pie de página, y la guía de lectura que ofrecemos al final como una propuesta de actividades que permitirán comprender y disfrutar doblemente de la lectura de estos cuentos.

BIBLIOGRAFÍA SELECTA

FRAILE, Medardo: *Cuento español de posguerra*. Cátedra, Madrid, 1986. (Un interesante estudio del autor precede a la selección que ofrece de autores y cuentos).
García Pavón, Francisco: *Antología de cuentistas españoles contemporáneos (1939-1966)*. Gredos, Madrid, 1966. (Importante referencia para conocer el cuento en esos años).
MASOLIVER RÓDENAS, J. A. y VALLS, Fernando: *Los cuentos que cuentan*. Anagrama, Barcelona, 1998. (Imprescindible para conocer la importancia del cuento español en los últimos veinte años. Estos autores explican en un prólogo y un epílogo su renacimiento, en los 80, y ofrecen una significativa selección de lo más significativo en las últimas dos décadas. Además incluye, de cada autor, una breve explicación sobre su forma de entender el cuento).
MERINO, José María: *Cien años de cuentos (1898-1998)*. Alfaguara, Madrid, 1998. (Estupenda antología del cuento español en castellano. Introducción y recopilación de cuentos de escritores de todo el siglo XX).
MARTÍN, Sabas: *Páginas amarillas*. Ediciones Lengua de Trapo, Madrid, 1997. (Es la más reciente antología de cuentos de autores jóvenes, todos nacidos a partir de 1960. Incluye un estudio previo a la selección que sirve para justificar la actualidad y continuidad del género).
PIGLIA, Ricardo: *Formas breves*. Anagrama, Barcelona, 2000. (Este novelista y cuentista argentino ofrece, a modo de ensayo, sus ideas sobre lo que debe ser un cuento. Especialmente interesante es su explicación de los cuentos de Borges).

Doce cuentos españoles del siglo XX

El tajo
Francisco Ayala

1

¿A DÓNDE IRÁ ESTE AHORA, CON LA SOLANERA? —oyó que, a sus espaldas, bostezaba, perezosa, la voz del capitán.

El teniente Santolalla no contestó, no volvió la cara. Parado en el hueco de la puertecilla, paseaba la vista por el campo, lo recorría hasta las lomas de enfrente, donde estaba apostado el enemigo, allá, en las alturas calladas; luego, bajándola de nuevo, descansó la mirada por un momento sobre la mancha fresca de la viña y, en seguida, poco a poco, negligente el paso comenzó a alejarse del puesto de mando —aquella casita de adobes, una chabola casi, donde los oficiales de la compañía se pasaban jugando al tute las horas muertas.

Apenas se había separado de la puerta, le alcanzó todavía, recia, llana, la voz del capitán que, desde adentro, le gritaba:

—¡Tráete para acá algún racimo!

Santolalla no respondió; era siempre lo mismo. Tiempo y tiempo llevaban sesteando allí: el frente de Aragón no se movía, no recibía refuerzos, ni órdenes; parecía olvidado. La guerra avanzaba por otras regiones[1]; por allí, nada; en aquel sector, nunca hubo nada. Cada mañana se disparaban unos cuantos tiros de parte y parte —especie de saludo al enemigo—, y sin ello, hubiera podido creerse que no había nadie del otro

Solanera: Bochorno.

Apostado: Camuflado.

Negligente: Perezoso.

Adobes: Conglomerado de barro y paja en forma de ladrillo.

Tute: Juego de naipes.

---
[1] Se refiere a la Guerra Civil española (1936-1939).

lado, en la soledad del campo tranquilo. Medio en broma, se hablaba en ocasiones de organizar un partido de fútbol con los rojos: azules contra rojos[2]. Ganas de charlar, por supuesto; no había demasiados temas y, al final, también la baraja hastiaba... En la calma del mediodía, y por la noche, subrepticiamente no faltaban quienes se alejasen de las líneas; algunos, a veces, se pasaban al enemigo, o se perdían, caían prisioneros; y ahora, en agosto, junto a otras precarias diversiones, los viñedos eran una tentación. Ahí mismo, en la hondonada, entre líneas había una viña, descuidada, sí, pero hermosa, cuyo costado se podía ver, como una mancha verde en la tierra reseca, desde el puesto de mando.

    El teniente Santolalla descendió, caminando al sesgo, por los largos vericuetos: se alejó —ya conocía el camino; lo hubiera hecho a ojos cerrados—; anduvo: llegó en fin a la viña, y se internó despacio, por entre las crecidas cepas. Distraído, canturreando, silboteando, avanzaba, la cabeza baja, pisando los pámpanos secos, los sarmientos, sobre la tierra dura, y arrancando, aquí una uva, más allá otra, entre las granadas, cuando de pronto —«¡Hostia!»—, muy cerca, ahí mismo, vio alzarse un bulto ante sus ojos. Era —¿cómo no lo había divisado antes?— un miliciano[3] que se incorporaba; por suerte, medio de espaldas y fusil en bandolera. Santolalla, en el sobresalto, tuvo el tiempo justo de sacar su pistola y apuntarla. Se volvió el miliciano, y ya lo tenía encañonado. Acertó a decir: «¡No, no!», con una mueca rara sobre la sorprendida placidez del semblante, y ya se doblaba, ambas manos en el vientre; ya se desplomaba de bruces... En las alturas, varios tiros de fusil, disparados de una y otra banda, respondían

---

    [2] Los dos colores representan los dos bandos enfrentados en la contienda. Los *azules* son los que se levantan con el general Franco y los *rojos*, sus oponentes, los defensores de la República.
    [3] Individuo de algún cuerpo de voluntarios de los formados en la zona republicana, durante la Guerra Civil española.

ahora con alarma, ciegos en el bochorno del campo, a los dos chasquidos de su pistola en el hondón. Santolalla se arrimó al caído, le sacó del bolsillo la cartera, levantó el fusil que se le había descolgado del hombro y, sin prisa —ya los disparos raleaban—, regresó hacia las posiciones. El capitán, el otro teniente, todos, lo estaban aguardando ante el puesto de mando, y lo saludaron con gran algazara al verlo regresar, sano y salvo, un poco pálido, en una mano el fusil capturado, y la cartera en la otra.

Luego, sentado en uno de los camastros, les contó lo sucedido; hablaba despacio, con tensa lentitud. Había soltado la cartera sobre la mesa; había puesto el fusil contra un rincón. Los muchachos se aplicaron en seguida a examinar el arma, y el capitán, displicente, cogió la cartera; por encima de su hombro, el otro teniente curioseaba también los papeles del miliciano.

—Pues —dijo, a poco, el capitán dirigiéndose a Santolalla—; pues, ¡hombre!, parece que has cazado un gazapo[4] de tu propia tierra. ¿No eras tú de Toledo? —y le alargó el carnet, con filiación completa y retrato.

Santolalla lo miró, aprensivo: ¿Y este presumido sonriente, gorra sobre la oreja y unos tufos asomando por el otro lado, este era la misma cara alelada —«¡no, no!»— que hacía un rato viera venírsele encima la muerte?

Era la cara de Anastasio López Rubielos, nacido en Toledo el 23 de diciembre de 1919 y afiliado al Sindicato de Oficios Varios de la UGT[5]. ¿Oficios Varios? ¿Cuál sería el oficio de aquel comeúvas?

Algunos días, bastantes, estuvo el carnet sobre la mesa del puesto de mando. No había quien entrase, así fuera para dejar la diaria ración de pan a los oficiales, que no lo tomara en sus manos; le daban ochenta vuel-

Raleaban: Escaseaban.

Algazara: Alboroto.

Displicente: Seco, desagradable.

Aprensivo: Receloso.

Tufos: Efluvios, olores.

---

[4] Un gazapo es, en sentido literal, la caza de un conejo. La expresión «cazar un gazapo», tiene aquí un sentido irónico y significa «cometer un error».

[5] La Unión General de Trabajadores (UGT) es una organización sindical obrera fundada en 1888, con un destacado papel durante la Guerra Civil por su defensa de la República.

tas en la distracción de la charla, y lo volvían a dejar ahí, hasta que otro ocioso viniera a hacer lo mismo. Por último, ya nadie se ocupó más del carnet. Y un día, el capitán lo depositó en poder del teniente Santolalla.
—Toma el retrato de tu paisano —le dijo—. Lo guardas como recuerdo, lo tiras, o haz lo que te dé la gana con él.

Santolalla lo tomó por el borde entre sus dedos, vaciló un momento, y se resolvió por último a sepultarlo en su propia cartera. Y como también por aquellos días se había hecho desaparecer ya de la viña el cadáver, quedó, en fin, olvidado el asunto, con gran alivio de Santolalla. Había tenido que sufrir —él, tan reservado— muchas alusiones de mal gusto a cuenta de su hazaña, desde que el viento comenzó a traer, por ráfagas, olor a podrido desde abajo; pues la general simpatía, un tanto admirativa, del primer momento, dejó paso en seguida a necias chirigotas, a través de las cuales él se veía reflejado como un tipo torpón, extravagante e infelizote, cuya aventura no podía dejar de tornar en cómico; y así, le formulaban toda clase de burlescos reproches por aquel hedor de que era causa; pero como de veras llegara a hacerse insoportable, y a todos les tocara su parte según los vientos, se concertó con el enemigo tregua para que un destacamento de milicianos pudiera retirar o inhumar sin riesgo el cuerpo de su compañero.

Cesó, pues, el hedor, Santolalla se guardó los documentos en su cartera, y ya no volvió a hablarse del caso.

2

Esa fue su única aventura memorable en toda la guerra. Se le presentó en el otoño de 1938, cuando llevaba Santolalla un año largo como primer teniente en aquel mismo sector del frente de Aragón —un sector

tranquilo, cubierto por unidades flojas, mal pertrecha- *Pertrechar:* Equipar.
das, sin combatividad ni mayor entusiasmo—. Y por
entonces, ya la campaña se acercaba a su término;
poco después llegaría para su compañía, con gran nerviosismo de todos, desde el capitán abajo, la orden de
avanzar, sin que hubieran de encontrar a nadie por delante; ya no habría enemigo. La guerra pasó, pues, para
Santolalla sin pena ni gloria, salvo aquel incidente que
a todos pareció nimio, e incluso —absurdamente— dig- *Nimio:*
no de chacota, y que pronto olvidaron. Intrascendente.
 Él no lo olvidó; pensó olvidarlo pero no pudo. A *Chacota:* Burla.
partir de ahí la vida del frente —aquella vida hueca, esperando, aburrida, de la que a ratos se sentía harto—
comenzó a hacérsele insufrible. Estaba harto ya y hasta
—en verdad— con un poco de bochorno. Al principio, recién incorporado, recibió este destino como una
bendición: había tenido que presenciar durante los primeros meses, en Madrid, en Toledo, demasiados horrores; y cuando se vio de pronto en el sosiego campestre,
y halló que, contra lo que hubiera esperado, la disciplina de campaña era más laxa que la rutina cuartelera *Laxa:* Relajada.
del servicio militar cumplido años antes, y no mucho
mayor el riesgo, cuando se familiarizó con sus compañeros de armas y con sus obligaciones de oficial, sin-
tiose como anegado en una especie de suave pereza. El *Anegado:* Hundido.
capitán Molina —oficial de complemento, como él—
no era mala persona; tampoco, el otro teniente; eran
todos gente del montón, cada cual con sus trucos, cierto, con sus pesadeces y manías, pero ¡buenas personas!
Probablemente, alguna influencia, alguna recomenda-
ción, había militado a favor de cada uno para promo-
ver la buena suerte de tan cómodo destino; pero de eso
—claro está— nadie hablaba. Cumplían sus deberes,
jugaban a la baraja, comentaban las noticias y rumores
de guerra, y se quejaban, en verano del calor y del frío
en invierno. Bromas vulgares, siempre las mismas, eran
el habitual desahogo de su alegría, de su malevolen-
cia...

Procurando no disonar demasiado, Santolalla encontró la manera de aislarse en medio de ellos; no consiguió evitar que lo considerasen como un tipo raro, pero, con sus rarezas consiguió abrirse un poco de soledad: le gustaba andar por el campo, aunque hiciera sol, aunque hubiera nieve, mientras los demás resobaban el naipe, tomaba a su cargo servicios ajenos, recorría la líneas, vigilaba, respiraba el aire fresco, fuera de aquel chamizo maloliente, apestando a tabaco. Y así, en la apacible lentitud de esta existencia, se le antojaban lejanos, muy lejanos, los ajetreos y angustias de meses antes en Madrid, aquel desbordamiento, aquel vértigo que él debió observar mientras se desvivía por animar a su madre, consternada, allí, en medio del hervidero, de heroísmo y de infamia, con el terror de que fueran a descubrir al yerno, falangista[6] notorio, y a Isabel, la hija, escondida con él, y de que, por otro lado, pudiera mientras tanto, en Toledo, pasarle algo al obstinado e imprudente anciano... Pues el abuelo se había quedado; no había consentido dejar la casa. Y —¿a quién, si no?— a él, al nieto, el único joven de la familia, le tocó ir en su busca. «Aunque sea por la fuerza, hijo, lo sacas de allí y te lo traes», le habían encargado. Pero ¡qué fácil decirlo! El abuelo, exaltado, viejo y terco, no consentía en apartarse de la vista del Alcázar, dentro de cuyos muros hubiera querido y —afirmaba— debido hallarse; y vanas fueron las exhortaciones para que, de una vez, haciéndose cargo de su mucha edad, abandonara aquella ciudad en desorden, donde ¿qué bicho viviente no conocía sus opiniones, sus alardes, su condición de general en reserva?, y por donde, por lo demás, corría el riesgo por los disparos sueltos en una lucha confusa, de calle a calle y de casa a casa, en la que nadie sabía a punto fijo cuál era de los suyos y cuál de los otros, y la furia, y el va-

Disonar:
Desentonar.

Chamizo: Choza.

Infamia: Ruindad.

Vanas: Inútiles.
Exhortaciones:
Advertencias.

---

[6] Los falangistas son los seguidores de Falange, organización política, fundada en 1933, que apoyaba al General Franco.

lor, y el entusiasmo y la cólera popular se mellaban los dientes, se quebraban las uñas contra la piedra incólume de la fortaleza. Así se llegó, discutiendo abuelo y nieto, hasta el final de la lucha: entraron los moros en Toledo, salieron los sitiados del Alcázar[7], el viejo saltaba como una criatura, y él, Pedro Santolalla, despechado y algo desentendido, sin tanto cuidado ya por atajar sus insensatas chiquilladas, pudo presenciar ahora, atónito, el pillaje, la sarracina... Poco después se incorporaba al ejército y salía, como teniente de complemento, para el frente aragonés, en cuyo sosiego había de sentirse, por momentos, casi feliz.

Mellarse: romperse, desgastarse.
Incólume: Que no ha recibido daño.

Pillaje: Saqueo.
Sarracina: Tumulto, matanza.

No quería confesárselo; pero se daba buena cuenta de que, a pesar de estar lejos de su familia —padre y madre, los pobres en el Madrid asediado, bombardeado y hambriento; su hermana, a saber dónde; y el abuelo, solo en casa, con sus años—, él, aquí, en este paisaje desconocido y entre gentes que nada le importaban, volvía a revivir la feliz despreocupación de la niñez, la atmósfera pura de aquellos tiempos en que, libre de toda responsabilidad, y moviéndose dentro de un marco previsto, no demasiado rígido, pero muy firme, podía respirar a pleno pulmón, saborear cada minuto, disfrutar de la novedad de cada mañana, disponer sin tasa ni medida de sus días... Esta especie de renovadas vacaciones —quizás, eso sí, un tanto melancólicas—, cuyo descuido entretenía en cortar acaso alguna hierbecilla y quebrarla entre los dedos o hacer que remontara su flexible tallo un bichito brillante hasta, llegado a la punta, regresar hacia abajo o levantar los élitros y desaparecer; en que, siguiendo con la vista el vuelo de una pareja de águilas, muy altas, por encima de las últimas montañas, se quedaba extasiado al punto de sobresaltarse si alguien, algún compañero, un

Élitro: Ala anterior de determinados insectos.

---

[7] El *Alcázar* de Toledo era la antigua Academia de Infantería. En ella, entre julio y septiembre de 1936, un grupo de civiles y militares partidarios de Franco resistieron «sitiados» los ataques republicanos. Salieron cuando una columna del ejército de Franco, formada por «*moros*» (soldados norteafricanos) liberaron al Alcázar de ese asedio republicano.

soldado le llamaba la atención de improviso; estas curiosas vacaciones de guerra traían a su mente ociosa recuerdos, episodios de la infancia, ligados al presente por quien sabe qué oculta afinidad, por un aroma, una bocanada de aire fresco y soleado, por el silencio amplio del mediodía; episodios de los que, por supuesto, no había vuelto a acordarse durante los años todos en que, terminado su bachillerato en el Instituto de Toledo, pasó a cursar letras en la Universidad de Madrid, y a desvivirse con afanes de hombre, impaciencias y proyectos. Aquel fresco mundo remoto, de su casa en Toledo, del cigarral, que luego se acostumbrara a mirar de otra manera más distraída, regresaba ahora, a retazos: se veía a sí mismo —pero se veía, extrañamente, desde fuera, como la imagen recogida en una fotografía— niño de pantalón corto y blusa marinera corriendo tras de un aro por entre las macetas del patio, o yendo con su abuelo a tomar chocolate el domingo, o un helado, según la estación, al café del Zocodover[8], donde el mozo, servilleta al brazo, esperaba durante mucho rato, en silencio, las órdenes del abuelito, y le llamaba luego «mi coronel» al darle gracias por la propina; o se veía, lleno de aburrimiento, leyéndole a su padre el periódico, sin apenas entender nada de todo aquel galimatías, con tantos nombres impronunciables y palabras desconocidas, mientras él se afeitaba y se lavaba la cara y se frotaba orejas y cabeza con la toalla; se veía jugando con su perra Chispa, a la que había enseñado a embestir como un toro para darle pases de muleta... A veces, le llegaba como el eco, muy atenuado, de sensaciones que debieron ser intensísimas, punzantes: el sol sobre los párpados cerrados; la delicia de aquellas flores, jacintos, ramitos flexibles de lilas, que visitaba en el jardín con su madre, y a cuyo disfrute se invitaban el uno al otro con leves gritos y exclamacio-

---

[8] Zocodover es una de las plazas emblemáticas del casco histórico de Toledo. Debe su nombre a que en ella se celebraban mercados de animales.

nes de regocijo: «Ven, mamá, y mira: ¿te acuerdas que ayer, todavía, estaba cerrado este capullo?», y ella acudía, lo admiraba... Escenas como ésa, más o menos cabales concurrían a su memoria. Era, por ejemplo, el abuelo que, después de haber plegado su periódico dejándolo junto al plato y de haberse limpiado con la servilleta, bajo el bigote, los finos labios irónicos, decía: «Pues tus queridos franchutes (corrían por entonces los años de la Gran Guerra[9]) parece que no levantan cabeza». Y hacía una pausa para echarle a su hijo, todo absorto en la meticulosa tarea de pelar una naranja, miraditas llenas de malicia; añadiendo luego: «Ayer se han superado a sí mismos en el arte de la retirada estratégica»... Desde su sitio, él, Pedrito, observaba cómo su padre, hostigado por el abuelo, perfeccionaba su obra, limpiaba de pellejos la fruta con alarde calmoso, y se disponía —con leve temblorcillo en el párpado, tras el cristal de los lentes— a separar entre las cuidadas uñas los gajos rezumantes. No respondía nada; o preguntaba, displicente: «¿Sí?» Y el abuelo, que lo había estado contemplando con pachorra, volvía a la carga: «¿Has leído hoy el periódico?» No cejaba, hasta hacerle que saltara, agresivo; y ahí venían las grandes parrafadas nerviosas, irritadas, sobre la brutalidad germánica, la civilización en peligro, la humanidad, la cultura, etcétera, con acompañamiento, en ocasiones, de puñetazos sobre la mesa. «Siempre lo mismo», murmuraba enervada la madre, sin mirar ni a su marido ni a su suegro, por miedo a que el fastidio le saliera a los ojos. Y los niños, Isabelita y él, presenciaban una vez más, intimidados, el torneo de costumbre entre su padre y su abuelo: el padre, excitable, serio, contenido; el abuelo, mordaz y seguro de sí, diciendo cosas que lo entusiasmaban a él, a él, sí, a Pedrito, que

Absorto: Concentrado, ensimismado.

Hostigado: Asediado, acosado.

Pachorra: Calma, despreocupación.
Cejar: Ceder, abandonar.

Enervar: Se usa con el sentido de poner nervioso, irritar (galicismo); significa debilitar, quitar las fuerzas.

---

[9] Se refiere a la Primera Guerra Mundial (1914-1918), conflicto que enfrentó a Alemania y Austria-Hungría (a las que luego se unieron Turquía y Bulgaria) contra Serbia, Francia, Rusia, Bélgica y Gran Bretaña (con quienes se aliaron Japón, Italia, Rumanía y Portugal). España no participó en esta contienda.

Germanófilo: Partidario de alemania.

Dialéctica: Razonamiento.

Obcecación: Cabezonería.

Banderías: Bandos.

Delación: Denuncia.

Chanzas: Bromas.

Despectivo: Desdeñoso.

Capcioso: Malintencionado.

se sentía también germanófilo y que, a escondidas, por la calle y aun en el colegio mismo, ostentaba, prendido al pecho, ese preciado botón con los colores de la bandera alemana que tenía buen cuidado de guardarse en un bolsillo cada vez que de nuevo, el montón de libros bajo el brazo, entraba por las puertas de casa. Sí; él era germanófilo furibundo, como la mayoría de los otros chicos, y en la mesa seguía con pasión los debates entre padre y abuelo, aplaudiendo en su fuero interno la dialéctica burlona de este y lamentando la obcecación de aquel, a quien hubiera deseado ver convencido. Cada discusión remachaba más sus entusiasmos, en los que solo, a veces, le hacía vacilar su madre, cuando, al reñirle suavemente, a solas, por sus banderías y «estupideces de mocoso» —su emblema había sido descubierto, o por delación o por casualidad—, le hacía consideraciones templadas y llenas de sentimiento sobre la actitud que corresponde a los niños en estas cuestiones, sin dejar de deslizar al paso alguna alusión a las chanzas del abuelo, «a quien, como comprenderás, tu padre no puede faltarle al respeto, por más que su edad le haga a veces ponerse cargante», y decir también alguna palabrita sobre las atrocidades cometidas por Alemania, rehenes ejecutados, destrozos, de que los periódicos rebosaban. «¡Por nada del mundo, hijo, se justifica eso!». La madre lo decía sin violencia, dulcemente; y a él no dejaba de causarle alguna impresión. «¿Y tú? —preguntaba más tarde a su hermana, entre despectivo y capcioso—. ¿Tú eres francófila o germanófila?[10]... Tú tienes que ser francófila; para las mujeres está bien ser francófilo», Isabelita no respondía; a ella la abrumaban las discusiones domésticas. Tanto, que la madre —de casualidad pudo escucharlo en una ocasión Pedrito— le pedía al padre, «por lo que más quieras», que evitara las frecuentes escenas,

---

[10] Resume las dos posturas ante el enfrentamiento bélico: los *francófilos* son simpatizantes de Francia, y los *germanófilos,* de Alemania.

«precisamente a la hora de las comidas, delante de los niños, de la criada; un espectáculo tan desagradable». «Pero ¿qué quieres que yo le haga? —había replicado él entonces con tono de irritación—. Si no soy yo, ¡caramba!; Si es él, que no puede dejar de... ¿No le bastará para despotricar, con su tertulia de carcamales? ¿Por qué no me deja en paz a mí? Ellos, como militares, admiran Alemania y a su cretino Káiser; más les valdría conocer mejor a su propio oficio. Las hazañas del ejército alemán, sí, pero ¿y ellos?, ¿qué?: ¡desastre tras desastre: Cuba, Filipinas, Marruecos[11]!» Se desahogó a su gusto, y él, Santolalla niño, que lo oía por un azar, indebidamente, estaba confundido... El padre —tal era su carácter—, o se quedaba corto, o se pasaba de la raya, se disparaba y excedía. En cambio ella, la madre, tenía un tacto, un sentido justo de la medida, de las conveniencias y del mundo, que, sin quererlo ni buscarlo, solía proporcionarle a él, inocente, una adecuada vía de acceso hacia la realidad, tan abrupta a veces, tan inabordable. ¿Cuántos años tendría (siete, cinco) cuando, cierto día, acudió, todo sublevado, hasta ella con la noticia de que a la lavandera de la casa la había apaleado borracho, en medio de un gran alboroto, su marido?; y la madre averiguó primero —contra la serenidad de sus preguntas rebotaba la excitación de las informaciones infantiles— cómo se había enterado, quién se lo había dicho, prometiéndole intervenir no bien acabara de peinarse. Y mientras se clavaba con cuidadoso estudio las horquillas en el pelo, parada ante el espejo de la cómoda, desde donde espiaba de reojo las reacciones del pequeño, le hizo comprender por el tono y tenor de sus condenaciones que el caso, aunque lamentable, no era tan asombroso como él se imaginaba, ni extraordinario siquiera, sino más bien,

Káiser: Emperador, soberano.

Abrupta: Difícil, escabrosa.

Cómoda: Mueble tocador.

---

[11] Durante el Desastre del 98 España pierde Cuba y Filipinas, sus últimas colonias en América. La alusión a Marruecos tiene que ver con el Desastre de Annual (1921), episodio significativo de la debilidad del ejército español (más de 10.000 muertos) en el norte de África.

por desgracia, demasiado habitual entre esa gente pobre e inculta. Si el hombre, después de cobrar sus jornales, ha bebido unas copas el sábado, y la pobre mujer se exaspera y quizás se propasa a insultarlo, no era raro que el vino y la ninguna educación le propinasen una respuesta de palos. «Pero, mamá, la pobre Rita...».
Él pensaba en la mujer maltratada, le tenía lástima y, sobre todo, le indignaba la conducta brutal del hombre, a quien solo conocía de vista. ¡Pegarle! ¿No era increíble?... Había pasado a mirarla, y la había visto como siempre, de espaldas, inclinada sobre la pileta; no se había atrevido a dirigirle la palabra. «Ahora, voy a ver yo —dijo por último, la madre—. ¿Está ahí?». «Abajo está, lavando. Tendremos que separarlos, ¿no mamá?»... Cuando, poco después, tras de su madre, escuchó Santolalla a la pobre mujer quejarse de las magulladuras, y al mismo tiempo le oyó frases de disculpa, de resignación, convirtió de golpe en desprecio su ira vindicativa, y hasta consideró ya excesivo celo el de su madre llamando a capítulo al borrachín para hacerle reconvenciones e insinuarle amenazas.

En otra oportunidad... Pero ¡basta! Ahora, todo eso se lo representaba, diáfano y preciso, muy vívido, aunque allá en un mundo irreal, segregado por completo del joven que después había hecho su carrera, entablado amistades, preparado concursos y oposiciones, leído, discutido y anhelado, en medio de aquel remolino que, a través de la República, condujo a España hasta el vértigo de la guerra civil. Ahora, descansando aquí, al margen, en este sector quieto del frente aragonés, el teniente Pedro Santolalla prefería evocar así a su gente en un feliz pasado, antes que pensar en el azaroso y desconocido presente que, cuando acudía a su pensamiento, era para henchirle el pecho en un suspiro o recorrerle el cuerpo con un repeluzno. Mas ¿cómo evitar, tampoco, la idea de que mientras él estaba allí tan tranquilo, entregado a sus vanas fantasías, ellos, acaso?... La ausencia acumula el temor de todos los males imaginables, proponiéndolos juntos al sufrimiento en conjeturas de multitud incompatible; y Santolalla, incapaz de hacerles frente, rechazaba este mal sabor siempre que le revenía, y procuraba volverse a recluir en sus recuerdos. De vez en cuando, venían a sacudirlo, a despertarlo, cartas del abuelo; las primeras, si por un lado lo habían tranquilizado algo, por otro le trajeron nuevas preocupaciones. Una llegó anunciándole con más alborozo que detalles cómo Isabelita había escapado con el marido de la zona roja, «debido a los buenos aunque onerosos servicios de una embajada», y aunque ya los tenía a su lado en Toledo; la hermana, en una apostilla, le prometía noticias, le anticipaba cariños. Él se alegró, sobre todo por el viejo, que en adelante estaría siquiera atendido y acompañado... Ya, de seguro —pensó— se habría puesto en campaña para conseguirle al zanguango del cuñado un puesto conveniente... A esta idea, una oleada de confuso resentimiento contra el recio anciano, tan poseído de sí mismo, le montó a la cara con rubores donde no hubieran sido discernibles la indignación y la vergüenza; veíalo de nuevo empecinado en medio de la refriega toledana, pugnando a cada instante por salirse a la calle, asomarse al balcón siquiera, de modo que él, aun con la ayuda de la fiel Rita, ahora ya vieja y medio baldada, apenas era capaz de retenerlo, cuando ¿qué hubiera podido hacer allí, con sus sesenta y seis años, sino estorbar?, mientras que, en cambio, a él, al nietecito, con sus veintiocho, eso sí, lo haría destinar en seguida, en una unidad de relleno, a este apacible frente de Aragón... la terquedad del anciano había sido causa de que la familia quedara separada y, con ello, los padres —solos ellos dos— siguieran todavía a la fecha expuestos al peligro de Madrid, donde, a no ser por aquel estúpido capricho, estarían todos corriendo juntos la misma suerte, apoyándose unos a otros, como Dios manda: él les hubiera podido aliviar de algunas fatigas y, cuando menos, las calamidades inevitables, compartidas, no crecerían

Conjeturas: Suposiciones.

Onerosos: Costosos.

Apostilla: Aclaración.

Zanguango: Perezoso, gandúl.

Montó: Subió.
Discernibles: Distinguibles.
Empecinado: Testarudo.
Refriega: Contienda, batalla.

así, en esta ansia de la separación… «Será cuestión de pocos días —había sentenciado todavía el abuelo en la última confusión de la lucha, con la llegada a Toledo de la feroz columna africana y la liberación del Alcázar[12]—. Ya es cuestión de muy pocos días; esperemos aquí».

Pero pasaron los días y las semanas y el ejército no entró en Madrid, y siguió la guerra meses y meses, y allá se quedaron solos, la madre, en su aflicción inocente; el padre, no menos ingenuo que ella, desamparado, sin maña, el pobre, ni expedición para nada… En esto iba pensando, baja la cabeza, por entre los viñedos, aquel mediodía de agosto en que le aconteció toparse con un miliciano, y —su única aventura durante la guerra toda—, antes de que él fuera a matarle, lo dejó en el sitio con dos balazos.

3

A partir de ahí, la guerra —lo que para el teniente Santolalla estaba siendo la guerra: aquella espera vacía, inútil, que al principio le trajera a la boca el sabor delicioso de remotas vacaciones y que, después, aun en sus horas más negras, había sabido conllevar hasta entonces como una más de tantas incomodidades que la vida tiene, como cualquier especie de enfermedad pasajera, una gripe, contra la que no hay sino esperar que buenamente pase— comenzó a hacérsele insufrible de todo punto. Se sentía sacudido de impaciencias, irritable; y si al regresar de su aventura le sostenía la emocionada satisfacción de haberle dado tan fácil remate, luego, los documentos del miliciano dejados sobre la mesa, en aburrido transcurso de los días siguientes, el curioseo constante, le producían un insidioso malestar,

Insidioso: Engañoso.

---

[12] La *columna africana* es una sección del ejército español formada por soldados magrebíes que vienen a la Península para apoyar a Franco. Su entrada en Toledo marca un episodio trascendental de la Guerra Civil en el que las tropas de Franco liberan la antigua Academia Militar (el *Alcázar*) de manos de los republicanos.

y, en fin, lo encocoraban las bromas que más tarde empezaron a permitirse algunos a propósito del olor. La primera vez que el olor se notó, sutilmente, todo fueron conjeturas sobre su posible origen: venía, se insinuaba, desaparecía; hasta que alguien recordó al miliciano muerto ahí abajo por mano del teniente Santolalla y, como si ello tuviese muchísima gracia, explotó una risotada general.

Encocoraban: Enojaban.

Sutilmente: Levemente.

También fue en ese preciso momento y no antes cuando Pedro Santolalla vino a caer en la cuenta de por qué desde hacía rato, extrañamente, quería insinuársele en la memoria el penoso y requeteolvidado final de su perra Chispa; sí, eso era: el olor, el dichoso olor... Y al aceptar de lleno el recuerdo que lo había estado rondando, volvió a inundarle ahora, sin atenuaciones, todo el desamparo que en aquel entonces anegara su corazón de niño. ¡Qué absurdo! ¿Cómo podía repercutir así en él, al cabo del tiempo y en medio de tantas desgracias, incidente tan minúsculo como la muerte de ese pobre animalito? Sin embargo, recordaba con preciso dolor y en todas sus circunstancias la desaparición de Chispa. A la muy pícara le había gustado siempre escabullirse y hacer correrías misteriosas, para volver horas después a casa; pero en esta ocasión parecía haberse perdido: no regresaba. En familia, se discutieron las escapatorias del chucho, dando por seguro, al principio, su vuelta y prometiéndole castigos, cerrojos, cadena; desesperando luego con inquietud. Él, sin decir nada, la había buscado por todas partes, había hecho rodeos al ir para el colegio y a la salida, por si la suerte quería ponerla al alcance de sus ojos; y su primera pregunta al entrar, cada tarde, era anhelante, si la Chispa no había vuelto... «¿Sabes que he visto tu perro?», le notificó cierta mañana en la escuela un compañero. (Con indiferencia afectada y secreta esperanza se había cuidado él de propalar allí el motivo de su cuita). «He visto a tu perro» —le dijo; y, al decírselo, lo observaba con ojo malicioso—. «¿De veras? —pro-

Anegar: Inundar.

Anhelante: Ansiosa.

Afectada: Simulada.
Propalar: Difundir.
Cuita: Pena.

firió él, tratando de apaciguar la ansiedad de su pecho—. ¿Y dónde?». «Lo vi ayer tarde, ¿sabes?, en el callejón de San Andrés». El callejón de San Andrés era una corta calleja entre tapias, cortada al fondo por la cerca de un huerto. «Pero... —vaciló Santolalla desanimado—. Yo iría a buscarlo; pero... Ya no estará allí». «¿Quién sabe? Puede que todavía esté allí —aventuró el otro con sonrisa reticente—: Sí —añadió—; lo más fácil es que todavía no lo hayan recogido». «¿Cómo?», saltó él, pálida la voz y la cara, mientras su compañero, después de una pausa, aclaraba, tranquilo, calmoso, con ojos chispeantes: «Sí, hombre; estaba muerto —y admitía, luego—: Pero ¡a lo mejor no era tu perro! A mí, ¿sabes? me pareció; pero a lo mejor no era». Lo era, sí. Pedro Santolalla había corrido hasta el callejón de San Andrés, y allí encontró a su Chispa, horrible entre una nube de moscas; el hedor no le dejó acercarse. «¿Era por fin tu perro? —le preguntó al día siguiente el otro muchacho. Y agregó—: Pues, mira: yo sé quien lo ha matado». Y, con muchas vueltas mentirosas, le contó una historia: a pedradas, lo habían acorralado allí unos grandullones, y como, en el acoso, el pobre bicho tirase a uno de ellos una dentellada, fue el bárbaro a proveerse de garrotes y, entre todos, a palo limpio... «Pero chillaría mucho; los perros chillan muchísimo». «Me figuro yo cómo chillaría, en medio de aquella soledad». «Y tú, ¿tú cómo lo has sabido?». «¡Ah! Eso no te lo puedo decir». «¿Es que lo viste, acaso?». Empezó con evasivas, con tonterías, y por último dijo que todo habían sido suposiciones suyas, al ver la perra deslomada; Santolalla no consiguió sacarle una palabra más. Llegó, pues, deshecho a su casa; no refirió nada; tenía un nudo en la garganta; el mundo entero le parecía desabrido, desolado —y en ese mismo estado de ánimo se encontraba ahora, de nuevo, recordando a su Chispa muerta bajo las ramas de un cerezo, en el fondo del callejón—. ¡Era el hedor! El hedor, sí; el maldito hedor. Solamente que ahora provenía de un cadáver mucho más grande, el cadáver de un hombre, y no hacía falta averiguar quién había sido el desalmado que lo mató.

—¿Para qué lo mató, mi teniente? —preguntaba, compungido, aquel bufón de Iribarne por hacerse el chistoso—. Usted, que tanto se enoja cada vez que a algún caballero se le escapa una pluma... —y se pinzaba la nariz con dos dedos—; miren lo que vino a hacer... ¿verdad, mi capitán, que el teniente Santolalla hubiera hecho mejor trayéndomelo a mí? Yo lo pongo de esclavo a engrasar las botas de los oficiales, y entonces iban a ver cómo no tenían ustedes queja de mí.

—¡Cállate, imbécil! —le ordenaba Santolalla. Pero como el capitán se las reía, aquel necio volvía pronto a sus patochadas.

Enterraron, pues, y olvidaron al miliciano; pero con esto a Santolalla se le había estropeado el humor definitivamente. La guerra comenzó a parecerle una broma ya demasiado larga, y sus compañeros se le hacían insoportables, inaguantables de veras, con sus bostezos, sus «plumas» —como decía ese majadero de Iribarne— y sus eternas chanzas. Había empezado a llover, a hacer frío, y aunque tuviera ganas, que no las tenía, ya no era posible salir del puesto de mando. ¿Qué hubiera ido a hacer fuera? Mientras los otros jugaban a las cartas, él se pasaba las horas muertas en su camastro vuelto hacia la pared y —entre las manos, para evitar que lo molestaran, una novela de Sherlock Holmes[13] cien veces leída— barajaba, a solas consigo mismo, el tema de aquella guerra interminable, sin otra variación, para él, que el desdichado episodio del miliciano muerto en la viña. Se representaba irrisoriamente su única hazaña militar: «He matado —pensaba— a un hombre, he hecho una baja al enemigo. Pero lo he matado, no com-

Irrisoriamente: Ridículamente.

---

[13] Sherlock Holmes es el protagonista de las novelas policíacas de Arthur Conan Doyle (1859-1930), escritor británico que alcanzó el éxito con este personaje: un detective aficionado que destaca por su infalible espíritu de deducción.

	batiendo, sino como se mata a un conejo en el campo.
En puridad: Claramente, sin rodeos.	Eso ha sido, en puridad: he matado a un gazapo, como bien me dijo ese». Y de nuevo escuchaba el timbre de voz de Molina, el capitán Molina, diciéndole después de haber examinado con aire burocrático (el empleado de correos, bajo uniforme militar) los documentos de Anastasio López Rubielos, natural de Toledo: «…parece que has cazado un gazapo[14] de tu propia tierra». Y por enésima vez volvía a reconstruir la escena allá aba-
Se yergue: Se levanta. *Repullo:* Respingo.	jo en la viña: el bulto que de improviso se yergue, y él que se lleva un repullo, y mata al miliciano cuando el desgraciado tipo está diciendo: «¡No, no…!». «¿Que no? ¡Toma!». Dos balas a la barriga… En defensa de la propia vida, por supuesto… Pero ¡qué defensa!; bien sabía que no era así. Si el infeliz muchacho no había tenido tiempo siquiera de echar mano al fusil…; si lo ha-
Desapercibido: Desprevenido.	bía pillado desapercibido, y le miraba, paralizado, sosteniendo todavía entre los dedos el rabo del racimo de uvas que en seguida rodaría por tierra… No; en verdad no hubiera tenido necesidad alguna de matarlo: ¿no podía acaso haberle mandado levantar las manos y, así, apoyada la pistola en sus riñones, traerlo hasta el puesto como prisionero? ¡Claro que sí! Eso es lo que hubiera debido hacer; no dejarlo allí tendido… ¿Por qué no lo hizo? En ningún instante había corrido excesivo riesgo, pese a cuanto pretendiera sugerir luego a sus compañeros relatándoles el suceso; en ningún instante. Por
A mansalva: A bocajarro, sin peligro.	lo tanto, lo había matado a mansalva, lo había asesinado, sencillamente, ni más ni menos que los moros aquellos que, al entrar en Toledo, degollaban a los heridos en las camas del hospital. Cuando eso era obra ajena, a él lo dejaba perplejo, estupefacto, lo dejaba agarrotado de indignación; siendo propia, todavía encontraba disculpas, y se decía: «en defensa de la vida»; se decía: «quizás —¿cómo iba yo a saberlo?— el individuo no estaba solo»; se decía: «en todo caso, era un enemi-

[14] Véase la nota 4.

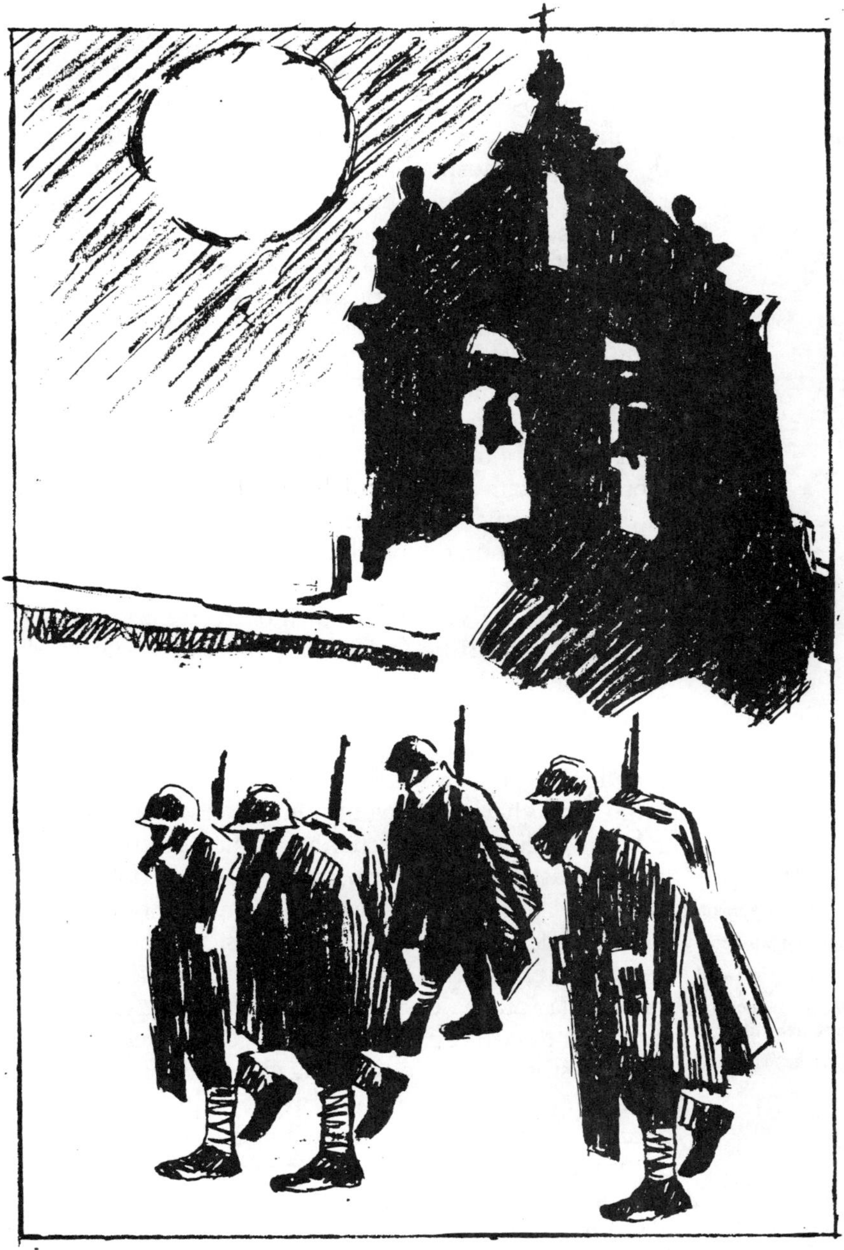

Recluta: Soldado raso.
Inerme: Indefensa.
Gumías: Arma blanca, daga.
Afectando: Simulando.

go...». Era un pobre chico —eso es lo que era—, tal vez un simple recluta que andaba por ahí casualmente, «divirtiéndose, como yo, en coger uvas; una criatura tan inerme bajo el cañón de mi pistola como los heridos que en el hospital de Toledo gritarían: «¡No, no!» bajo las gumías de los moros. Y yo disparé mi pistola, dos veces, lo derribé, lo dejé muerto, y me volví tan satisfecho de mi heroicidad». Se veía a sí mismo contar lo ocurrido afectando quitarle importancia —alarde y presunción, una manera como otra cualquiera de énfasis—, y ahora le daba asco su actitud, pues... «Lo cierto es —se decía— que, con la sola víctima por testigo, he asesinado a un semejante, a un hombre ni mejor ni peor que yo; a un muchacho que, como yo, quería comerse un racimo de uvas; y por ese gran pecado le he impuesto la muerte». Casi era para él un consuelo pensar que había obrado, en el fondo, a impulsos del miedo; que su heroicidad había sido, literalmente, un acto de cobardía... Y vuelta a lo mismo una vez y otra.

En aquella torturada ociosidad, mientras estaba lloviendo afuera, se disputaban de nuevo su memoria episodios remotos que un día hirieran su imaginación infantil y que, como un poso revuelto, volvían ahora cuando los creía borrados, digeridos. Frases hechas como esta: «herir la imaginación», o «escrito con sangre», o «la cicatriz del recuerdo», tenían en su caso un sentido bastante real, porque conservaban el dolor que-

Ultraje: Agravio.
Sórdido: Miserable.
Endeble: Débil.
Soflama: Proclama, discurso ardoroso.
Asiduo: Habitual.

mante del ultraje, el sórdido encogimiento de la cicatriz, ya endeble, capaz de reproducir siempre y no muy atenuado, el bochorno, la rabia de entonces, acrecida aún por la soflama de su actual ironía. Entre tales episodios «indeseables» que ahora lo asediaban, el más asiduo en estos últimos meses de la guerra era uno —él lo tenía etiquetado bajo el nombre de «episodio Rodríguez»— que, en secreto, había amargado varios meses de su niñez. ¡Por algo ese apellido, Rodríguez, le resultó siempre, en lo sucesivo, antipático, hasta el ridículo extremo de prevenirle contra cualquiera que lo llevase!

Nunca podría ser amigo, amigo de veras, de ningún Rodríguez; y por ello, por culpa de aquel odioso bruto, casi vecino suyo, que, parado en el portal de su casucha miserable... —ahí lo veía aún, rechoncho, más bajo que él, sucias las piernotas y con una gorra de visera encima del rapado melón, espiando su paso hacia el colegio por aquella calle de la amargura, para, indefectiblemente, infligirle alguna imprevisible injuria—. Mientras no pasó de canciones alusivas, remedos y otras burlas —como el día en que se puso a andar por delante de él con un par de ladrillos bajo el brazo imitando sus libros— fue posible, con derroche de prudencia, el disimulo; pero llegó al lance de las bostas... Rodríguez había recogido dos o tres bolondrones al verle asomar por la esquina; con ello en la mano, aguardó a tenerlo a tiro y..., él lo sabía, lo estaba viendo, lo veía en su cara taimada, lo esperaba, y pedía en su interior: «¡que no se atreva! ¡que no se atreva!»; pero se atrevió: le tiró al sombrero una de aquellas doradas inmundicias, que se deshizo en rociada infamante contra su cara. Y todavía dice: «¡Toma, señoritingo!»... A la fecha, aún sentía el teniente Santolalla subírsele a las mejillas la vergüenza, el grotesco de la asquerosa lluvia de oro sobre su sombrerito de niño... Volviose y, rojo de ira, encaró a su adversario; fue hacia él, dispuesto a romperle la cara; pero Rodríguez lo veía acercarse, imperturbable, con una sonrisa en sus dientes blancos, y cuando lo tuvo cerca, de improviso, ¡zas!, lo recibió con un puntapié en las ingles, uno solo, atinado y seco, que le quitó la respiración, mientras de su sobaco se desprendían los libros deshojándose por el suelo. Ya el canalla se había refugiado en su casa, cuando, al cabo de no poco rato, pudo reponerse... Pero, con todo, lo más aflictivo fue el resto: su vuelta, su congoja, la alarma de su madre, el interrogatorio de su padre, obstinado en apurar todos los detalles y, luego, en las horas siguientes, el solitario crecimiento de sus ansias vengativas. «Deseo», «anhelo», no son palabras; más bien habría que decir: una necesi-

Infligirle: Aplicarle, imponerle.

Injuria: Ofensa.

Remedos: Pantomimas, parodias.

Lance: Episodio.

Bostas: Boñigas, estiércol de caballos o vacas.

Bolondrones: Bolas grandes, boñigas.

Taimada: Astuta.

Inmundicias: Desperdicios.

Imperturbable: Impasible.

Atinado: Acertado.

Aflictivo: Desesperante.

Congoja: Angustia.

dad física tan imperiosa como el hambre o la sed, de traerlo a casa, atarlo a una columna del patio y, ahí, dispararle un tiro con el pesado revolver de su abuelo. Esto es lo que quería con vehemencia imperiosa, lo que dolorosamente necesitaba; y cuando el abuelo, de quien se prometía esta justicia, rompió a reír acariciándole la cabeza, se sintió abandonado del mundo.

Habían pasado años, había crecido, había cursado su bachillerato; después, en Madrid, filosofía y letras; y, con intervalos mayores o menores, nunca había dejado de cruzarse con su enemigo, también hecho un hombre. Se miraban al paso, con simulada indiferencia, se miraban como desconocidos, seguían adelante; pero ¿acaso no sabían ambos?...». Y ¿qué habría sido del tal Rodríguez en esta guerra?», se preguntaba de pronto Santolalla, representándose horrores diversos —los moros, por ejemplo, degollando heridos en el hospital—; se preguntaba: «si tuviera yo en mis manos ahora al detestado Rodríguez, de seguro lo dejo escapar...». Se complacía en imaginarse a Rodríguez a su merced, y él dejándolo ir, indemne. Y esta imaginaria generosidad le llenaba de un placer muy efectivo: pero no tardaba en estropeárselo, burlesca, la idea del miliciano, a quien, en cambio, había muerto sin motivo ni verdadera necesidad. «Por supuesto —se repetía—, que si él hubiera podido me mata a mí; era un enemigo. He cumplido, me he limitado a cumplir mi estricto deber, y nada más». Nadie, nadie había hallado nada vituperable en su conducta; todos la habían encontrado naturalísima, y hasta digna de loa...». ¿Entonces?», se preguntaba, malhumorado. A Molina, el capitán de la compañía, le interrogó una vez, como por curiosidad: «Y con los prisioneros que se mandan a retaguardia, ¿qué hacen?». Molina le había mirado un momento; le había respondido: «Pues... ¡no lo sé! ¿Por qué? Eso dependerá». ¡Dependerá!, le había respondido su voz llena y calmosa. Con gente así ¡cómo seguir una conversación, cómo hablar de nada! A Santolalla le hubiera gustado discutir sus dudas con alguno de sus compañeros; discutirlas, ¿se entiende?, en términos generales, en abstracto, como un problema académico. Pero ¿cómo? ¡si aquello no era problema para nadie! «Yo debo ser un bicho raro»; todos allí lo tenían por un bicho raro; se hubieran reído de sus cuestiones; «este —hubieran dicho— se complica la existencia con tonterías». Y tuvo que entregarse más bien a meras conjeturas sobre cómo apreciaría el caso, si lo conociera, cada uno de los suyos, de sus familiares, empleando rato y rato en afinar las presuntas reacciones: el orgullo del abuelo, que aprobaría su conducta (¿incluso —se preguntaba— si le hacía ver cuán posible hubiera sido hacer prisionero al soldado enemigo?); que aprobaría su conducta sin aquilatar demasiado, pero que, en su fondo, encontraría sorprendente, desproporcionada la hazaña, y como impropia de su Pedrito; el susto de la madre, contenta en definitiva de tenerlo sano y salvo después del peligro; las reservas y distingos, un poco irritantes del padre, escrutándolo con tristeza a través de sus lentes y queriendo sondearle el corazón hasta el fondo; y luego, las majaderías del cuñado, sus palmadas protectoras en la espalda, todo bambolla él, y alharaca; la aprobación de la hermana al sentirle a la par de ellos.

Como siempre, después de pensar en sus padres, a Santolalla le exasperó hasta lo indecible el aburrimiento de la guerra. Eran ya muchos meses, años; dos años hacía ya que estaba separado de ellos, sin verlos, sin noticias precisas de su suerte, y todo —pensaba—, todo por el cálculo idiota de que Madrid caería enseguida. ¡Qué de privaciones, qué de riesgos allá, solos!

Pero a continuación se preguntó, exaltadísimo: «¿Con qué derecho me quejo yo de que la guerra se prolongue y dure, si estoy aquí pasándome, con todos estos idiotas y emboscados, la vida birlonga, mientras otros luchan y mueren a montones?». Se preguntó eso una vez más, y resolvió, «sin vuelta de hoja», «mejor hoy que mañana», llevar a la práctica, «ahora mismo, sí»,

Conjeturas: Suposiciones, hipótesis.

Aquilatar: Comprobar, verificar.

Escrutándolo: Examinándolo, observándolo.

Bambolla: Pompa, solemnidad.

Alharaca: Aspaviento, exageración.

Vida birlonga: En sentido familiar significa vida relajada.

lo que ya en varias ocasiones había cavilado: pedir su traslado como voluntario a una unidad de choque. (¡La cara que pondría el abuelo al saberlo!). Su resolución tuvo la virtud de cambiarle el humor. Pasó el resto del día, silbando, haciendo borradores, y, por último, presentó su solicitud en forma por la vía jerárquica.

El capitán Molina le miró con curiosidad, con sospecha, con algo de sorna, con embarazo.

Sorna: Ironía.

—¿Qué te ha entrado, hombre?

—Nada; que estoy ya harto de estar aquí.

—Pero, hombre, si esto se está acabando; no hagas tonterías.

—No es una tontería. Ya estoy cansado —confirmó él, sonriendo: una sonrisa de disculpa.

Todos lo miraron como a un bicho raro. Iribarne le dijo:

—Parece que el teniente Santolalla le ha tomado gusto al «tomate».

Él no contestó; le miró despectivamente.

—Pero, hombre, si la guerra ya se acaba —repitió el capitán todavía.

Diose curso a la solicitud y Santolalla, tranquilizado y hasta alegre, quedó a la espera del traslado.

Pero, entre tanto se precipitaba el desenlace: llegaron rumores, hubo agitación, la campaña tomó por momentos el sesgo de una simple operación de limpieza, los ejércitos republicanos se retiraban hacia Francia, y ellos, por fin, un buen día, al amanecer, se pusieron también en movimiento y avanzaron sin disparar un solo tiro.

Sesgo: Rumbo, sentido.

La guerra había terminado.

4

Al levantarse y abrir los postigos de su alcoba, se prometió Santolalla: «!No! ¡De hoy no pasa!». Hacía una mañana fresquita muy azul; la mole del Alcázar, en frente, se destacaba, neta, contra el cielo... De hoy no pasaba —se repitió, dando cuerda a su reloj de pulsera—. Iría al Instituto, daría su clase de geografía y luego, antes de regresar para el almuerzo, saldría ya de eso; de una vez, saldría del compromiso. Ya era hora: se había concedido tiempo, se había otorgado prórrogas, pero ¿con qué pretexto postergaría más este acto piadoso a que se había comprometido delante de su propia conciencia? Se había comprometido consigo mismo a visitar la familia de su desdichada víctima, de aquel miliciano, Anastasio López Rubielos, con quien una suerte negra le llevó a tropezarse, en el frente de Aragón, cierta tarde de agosto del año 38. El 41 corría ya y aún no había cumplido aquella especie de penitencia que se impusiera, creyendo tener que allanar dificultades muy ásperas, apenas terminada la guerra. «He de buscar —fue el voto que formuló entonces en su fuero interno—, he de buscar a su familia; he de averiguar quiénes son, dónde viven, y haré cuanto pueda por procurarles algún alivio». Pero, claro está, antes que nada debió ocuparse de su propia familia, y también, ¡caramba!, de sí mismo.

Apenas obtenida licencia, lo primero fue, pues, volar hacia sus padres. Sin avisar y, ¡cosa extraña!, moroso y desganado en el último instante, llegó a Madrid; subió las escaleras hasta el piso de su hermana donde ellos se alojaban y, antes de haber apretado el timbre vio abrirse la puerta: desde la oscuridad los lentes de su padre le echaron una mirada de terror y, en seguida, de alegría; cayó en sus brazos y, entre ellos, le oyó susurrar: «¡Me has asustado, chiquillo, con el uniforme ese!». Dentro del abrazo, que no deshacía, que duraba, Santolalla se sintió agonizar: la mirada de su padre —un destello—. ¿No había sido, en la cara fina del hombre cultivado y maduro, la misma mirada del miliciano pasmado a quien él sorprendió en la viña para matarlo? Y dentro del abrazo, se sintió extraño, espantosamente extraño, a aquel hombre cultivado maduro.

En su fuero interno: En su interior, para sí.

Moroso: Tranquilo.

Exhausto: Agotado.

Inquirió: Interrogó.

Al quite: Al regate, preparado para su defensa.

Terne: Obstinado.

Como agotado, exhausto, Santolalla se dejó caer en la butaquilla de la antesala...». Me has asustado, chiquillo»... Pero ahora ¡cuánta confianza había en la expresión de su padre!, flaco, avejentado, muy avejentado, pero contento de tenerlo ante sí, y sonriente. Él también, a su vez, lo contemplaba con pena. Inquirió: «¿Mamá?» Mamá había salido; venía en seguida, habían salido las dos, ella y su hermana, a no sabía qué. Y de nuevo se quedaron callados ambos, frente a frente.

La madre fue quien, como siempre, se encargó de ponerlo al tanto, conversando a solas, de todo. «No me pareces el mismo, hijo querido —le decía, devorándolo con los ojos, apretándole el brazo—; estás cambiado, cambiado». Y él no contestaba a nada: observaba su pelo encanecido, la espalda vencida —una espalda ya de vieja—, el cuello flaco; y se le oprimía el pecho. También le chocaba penosamente aquella emocionada locuacidad de quien era todo aplomo antes, noble reserva... Pero esto fue en el primer encuentro; después la vio recuperar su sensatez —aunque, eso sí, estuviera, la pobre, ya irremediablemente quebrantada— cuando se puso a informarle con detalle de cómo habían vivido. Cómo pudieron capear los peores temporales, «gracias a que las amistades de tu padre —explicaba— contrarrestaron el peligro a que nos dejó expuestos la fuga de tu cuñado...». Durante toda la guerra había trabajado el padre en un puesto burocrático al servicio de abastecimientos; «pero, hijo, ahora otra vez, ¡imagínate!... En fin —concluyó—, de ahí en adelante ya estaremos más tranquilos: oficial tú y, luego, con tu abuelo al quite...». El abuelo seguía tan terne: «¡Qué temple, hijito! Un poco más apagado, quizás; tristón, pero siempre el mismo».

Santolalla le contó a su madre la aventura con el miliciano; se decidió a contársela; estaba ansioso por contársela. Comenzó el relato como quien, sin darle mayor importancia, refiere una peripecia curiosa acentuando más bien en ella los aspectos de azar y de riesgo; pero notó pronto en el susto de sus ojos que percibía todo el fondo pesaroso, y ya no se esforzó por disimular: siguió, divagatorio, acuitado, con su tema adelante. La madre no decía nada, ni él necesitaba ya que dijese; le bastaba con que lo escuchara. Pero cuando, en la abundancia de su desahogo se sacó del bolsillo los documentos de Anastasio y le puso ante la cara el retrato del muchacho, palideció ella, y rompió en sollozos. ¡Ay, Señor! ¿Dónde había ido a parar su antigua fortaleza? Se abrazaron, y la madre aprobó con vehemencia el propósito que apresuradamente, le revelaba él de acercarse a la familia del miliciano y ofrecerle discreta reparación. «Sí, sí, hijo mío, sí».

Divagatorio: Disperso.

Acuitado: Apenado.

Más antes de llevarlo a cabo, tuvo que proveer a su propia vida. Arregló lo de la cátedra en el Instituto de Toledo, fue desmovilizado del ejército y —a Dios gracias— consiguieron verse al fin, tras no pocas historias, reunidos todos de nuevo en la vieja casa. Tranquilo, pues, ya en un curso de existencia normal, trazó ahora Pedro Santolalla un programa muy completo de escalonadas averiguaciones, que esperaba laboriosas, para identificar y localizar a esa pobre gente: el padrón, el antiguo censo electoral, la capitanía general, la oficina de cédulas personales[15], los registros y fichas de policía... Mas no fue menester tanto; el camino se le mostró tan fácil como solo la casualidad puede hacerlo; y así, a las primeras diligencias dio en seguida con el nombre de Anastasio López Rubielos, comprobó que los demás datos coincidían y anotó el domicilio. Solo faltaba, por lo tanto, decidirse a poner en obra lo que se tenía prescrito.

«¡De hoy no pasa!», se había dicho aquella mañana, contemplando por el balcón el día luminoso. No había motivo ya, ni pretexto para postergar la ejecución de su propósito. La vida había vuelto a entrar, para él, en

---

[15] La cédula personal era un documento que, entonces, se obtenía anualmente mediante el pago de un impuesto y servía para acreditar la identidad personal.

cauces de estrecha vulgaridad; igual que antes de la guerra, sino que ahora el abuelo tenía que emplear su tiempo sobrante, que lo era todo, en pequeñas y —con frecuencia vejatorias gestiones— relacionadas con el aceite, con el pan, con el azúcar; el padre, pasarse horas y horas copiando con su fina caligrafía escrituras para un notario; la madre, azacaneada todo el día, y suspirona; y él mismo, que siempre había sido taciturno, más callado que nunca, malhumorado con la tarea de sus clases de geografía y las nimias intrigas del Instituto. ¡No, de hoy no pasaba! Y, qué aliviado iba a sentirse cuando se hubiera quitado de una vez ese peso de encima! Era, lo sabía, una bobada («soy un bicho raro»): no había quien tuviera semejantes escrúpulos; pero... ¡qué importaba! Para él sería, en todo caso, un gran alivio. Sí, no pasaba de hoy.

Antes de salir, abrió el primer cajón de la cómoda, esta vez para echarse al bolsillo los malditos documentos, que siempre le saltaban a la vista desde allí cuando iba a sacar un pañuelo limpio; y, provisto de ellos, se echó a la calle. ¡Valiente lección de geografía fue la de aquella mañana! Apenas hubo terminado, se encaminó, despacio, hacia las señas que, previamente, tuviera buen cuidado de explorar: una casita muy pobre, de una sola planta, a mitad de cuesta, cerca del río, bien abajo.

Encontró abierta la puerta; una cortina de lienzo, a rayas, estaba descorrida para dejar que entrase la luz del día, y desde la calle podía verse, quieto en un sillón, inmóvil, a un viejo cuyos pies calentaba un rayo de sol sobre el suelo de rojos ladrillos. Santolalla adelantó hacia dentro una ojeada temerosa y, tentándose en el bolsillo el carnet de Anastasio, vaciló primero y en seguida, un poco bruscamente entró en la pieza. Sin moverse, puso el viejo en él sus ojillos azules, asustados, ansiosos. Parecía muy viejo, todo lleno de arrugas; su cabeza, cubierta por una boina, era grande; enormes, traslúcidas, sus ojeras; tenía en las manos un grueso bastón amarillo.

Emitió Santolalla un «¡buenos días!», y notó velada su propia voz. El viejo cabeceaba, decía: «¡Sí, sí!»; parecía buscar con la vista una silla que ofrecerle. Sin darse cuenta, Santollala siguió su mirada alrededor de la habitación: había una silla, pero bajita, enana; y otra con el asiento hundido. Mas ¿por qué había de sentarse? ¡Que tontería! Había dicho: «¡Buenos días!» al entrar; ahora agregó:

—Quisiera hablar con alguno de la familia —interrogó—: La familia de Anastasio López Rubielos ¿vive aquí?

Se había repuesto, su voz sonaba ya firme.

—Rubielos, sí; Rubielos —repetía el viejo.

Y él insistió en preguntarle:

—Usted, por casualidad, ¿es de la familia?

—Sí, sí, de la familia —asentía.

Santolalla deseaba hablar, hubiera querido hablar con cualquiera menos con este viejo.

—¿Su abuelo? —inquirió todavía.

—Mi Anastasio —dijo entonces con rara seguridad el abuelo—, mi Anastasio ya no vive aquí.

—Pues yo vengo a traerles a ustedes noticias del pobre Anastasio —declaró ahora, pesadamente, Santolalla. Y, sin que pudiera explicar cómo, se dio cuenta en ese instante mismo de que, más adentro, desde el fondo oscuro de la casa, alguien lo estaba acechando. Dirigió una mirada furtiva hacia el interior, y pudo discernir en la penumbra una puerta entornada; nada más. Alguien, de seguro, lo estaba acechando, y él no podía ver quién.

—Anastasio —repitió el abuelo con énfasis (y sus manos enormes se juntaron sobre el bastón, sus ojos tomaron una sequedad eléctrica)—. Anastasio ya no vive aquí: no señor —y agregó en voz más baja—: Nunca volvió.

—Ni volverá —notificó Santolalla. Todo lo tenía pensado, todo preparado. Se obligó a añadir—: Tuvo mala suerte Anastasio: murió en la guerra; lo mataron. Por eso vengo yo a visitarles...

Acechar: Obervar.
Discernir: Distinguir.

Estas palabras las dijo lentamente, secándose las sienes con el pañuelo.

—Sí, sí, murió —asentía el anciano; y la fuerte cabeza llena de arrugas se movía, afirmativa, convencida; murió, sí, el Anastasio. Y yo, aquí, tan fuerte, con mis años: yo no me muero.

Empezó a reírse. Santolalla, tonto, turbado, aclaró:

Turbar: Consternar, avergonzar.

—Es que a él lo mataron.

No se hubiera sentido tan incómodo, pese a todo, sin la sensación de que lo estaban espiando desde adentro. Pensaba, al tiempo de echar otra mirada de reojo al interior: «Es estúpido que yo siga aquí. Y si quisiera, en cualquier momento podría irme: un paso, y ya estoy en la calle, en la esquina». Pero no, no se iría ¡quieto! Estaba agarrotado, violento, allí, parado delante de aquel viejo chocho; pero ya había comenzado, y seguiría. Siguió, pues, tal como se lo había propuesto: contó que él había sido compañero de Anastasio; que se habían encontrado y trabado amistad en el frente de Aragón, y que a su lado estaba, precisamente, cuando vino a herirle de muerte una bala enemiga; que, entonces, él había recogido de su bolsillo este documento... Y extrayendo del suyo el carnet, lo exhibió ante la cara del viejo.

En ese preciso instante irrumpió en la saleta, desde el fondo, una mujer corpulenta, morena, vestida de negro; se acercó al viejo y, dirigiéndose a Santolalla:

—¿De qué se trata? ¡Buenos días! —preguntó.

Santolalla le explicó en seguida, como mejor pudo, que durante la guerra había conocido a López Rubielos, que habían sido compañeros en el frente de Aragón; que allí habían pasado toda la campaña: un lugar, a decir verdad, bastante tranquilo; y que, sin embargo, el pobre chico había tenido la mala pata de que una bala perdida, quién sabe cómo...

—Y a usted ¿no le ha pasado nada? —le preguntó la mujer con cierta aspereza, mirándolo de arriba abajo.

—¿A mí? A mí, por suerte, nada. ¡Ni un rasguño, en toda la campaña!

—Digo, después —aclaró, lenta, la mujerona.

Santolalla se ruborizó; respondió apresurado:

—Tampoco después... Tuve suerte ¿sabe? Sí, he tenido bastante suerte.

—Amigos habrá tenido —reflexionó ella, consultando la apariencia de Santolalla, su traje, sus manos.

Él le entregó el carnet que tenía en una de ellas, preguntándole:

—¿Era hijo suyo?

La mujer ahora, se puso a mirar el retrato muy despacio; repasaba el texto impreso y manuscrito; lo estaba mirando y no decía nada.

Pero al cabo de un rato se lo devolvió, y fue a traerle una silla: entre tanto, Santolalla y el viejo se observaban en silencio. Volvió ella, y mientras colocaba la silla en frente, reflexionó con voz apagada:

—¡Una bala perdida! ¡Una bala perdida! Esa no es una muerte mala. No, no es mala; ya hubieran querido morir así su padre y su otro hermano: con el fusil empuñado, luchando. No es esa mala muerte, no. ¿Acaso no hubiera sido peor para él que lo torturasen, que lo hubiesen matado como a un conejo? ¿No hubiera sido peor el fusilamiento, la horca?... Si aún temía yo que no hubiese muerto y todavía me lo tuvieran...

Santolalla, desmadejado, con la cabeza baja y el carnet de Anastasio en la mano, colgando entre sus rodillas, oía sin decir nada aquellas frases oscuras.

—Así, al menos —prosiguió ella, sombría—, se ahorró lo de después; y, además, cayó el pobrecito en medio de sus compañeros, como un hombre, con el fusil en la mano... ¿Dónde fue? En Aragón, dice usted. ¿Qué viento le llevaría hasta allá? Nosotros pensábamos que habría corrido la ventolera de Madrid. ¡Hasta Aragón fue a dejarse el pellejo?

La mujer hablaba como para sí misma, con los ojos puestos en los secos ladrillos del suelo. Quedose calla-

da, y, entonces, el viejo, que desde hacía rato intentaba decir algo, pudo preguntar:
—¿Allí había bastante?
—¿Bastante de qué? —se afanó Santolalla.
—Bastante de comer —aclaró, llevándose hacia la boca, juntos, los formidables dedos de su mano.
—¡Ah, sí,! Allí no nos faltaba nada. Había abundancia. No solo de lo que nos daba la Intendencia[16] —se entusiasmó un poco forzado— sino también —y recordó la viña— de lo que el país produce.
La salida del abuelo le había dado un respiro; en seguida temió que a la mujer le extrañase la inconveniente puerilidad de su respuesta. Pero ella, ahora, se contemplaba las manos enrojecidas, gordas, y parecía abismada. Sin aquella su mirada reluciente y fiera resultaba una mujer trabajada, vulgar, una pobre mujer; como cualquier otra. Parecía abismada.
Entonces fue cuando se dispuso Pedro Santolalla a desplegar la parte más espinosa de la visita: quería hacer algo por aquella gente, pero temía ofenderlos: quería hacer algo, y tampoco era mucho lo que podría hacer; quería hacer algo; y no aparecer ante sí mismo, sin embargo, como quien, logrero, rescata a bajo precio una muerte. Pero ¿por qué quería hacer algo?, y ¿qué podría hacer?
—Bueno —comenzó perezosamente; sus palabras se arrastraban sordas—; bueno; voy a rogarles que me consideren como un compañero..., como el amigo de Anastasio...
Pero se detuvo; la cosa le sonaba a burla. «¡Qué cinismo!», pensó; y aunque para aquellos desconocidos sus palabras no tuvieran las resonancias cínicas que para él mismo tenían..., no podían tenerlas, ellos no sabían nada..., ¿cómo no les iba a chocar este «compañero» bien vestido que, con finos modales, con pala-

---

[16] Era el departamento que, durante la guerra, organizaba el abastecimiento de víveres de la población.

bras de profesor de Instituto, venía a contarles...? Y ¿cómo les contaría él toda aquella historia adobada, y los detalles complementarios de *después*, ciertos en lo externo: que él, ahora, estaba en posición relativamente desahogada, que se encontraba en condiciones de echarles una mano, en recuerdo... Esto era miserable y estaba muy lejos de las escenas generosas, llenas de patetismo, que tantas veces se había complacido en imaginar con grandes variantes, sí, pero siempre en forma tan conmovedora que, al final, se sorprendía a sí mismo, indefectiblemente, con lágrimas en los ojos. Llorar, implorar perdón, arrodillarse ante ellos (unos «ellos» que nada se parecían a «estos»), quienes, por supuesto, se apresuraban a levantarlo y confortarlo, sin dejarle que les besara las manos —escenas hermosas y patéticas...—. Pero ¡Señor!, ahora, en lugar de eso, se veía aquí señorito bien portado delante de un viejo estúpido y de una mujer abatida y desconfiada, que miraba con rencor; y se disponía a ofrecerles una limosna en pago de haberles matado a aquel muchachote cuyo retrato, cuyos papeles, exhibía aún en su mano, como credencial de amistad y gaje de piadosa camaradería.

Adobada: Adornada, arreglada.

Gaje: Beneficio.

Sin embargo, algo habría que decir; no era posible seguir callando; la mujerona había alzado ya la cabeza y lo obligaba a mirar para otro lado, hacia los pies del anciano, enormes, dentro de unos zapatos rotos, al sol.

Ella, por su parte escrutaba a Santolalla con expectativa: ¿a dónde iría a parar el sujeto este? ¿Qué significaban sus frases pulidas: rogar que lo considerasen como un amigo?

Escrutaba: Sondeaba, exploraba.

—Quiero decir —apuntó él— que para mí sería una satisfacción muy grande poderles ayudar en algo.

Se quedó rígido, esperando una respuesta; pero la respuesta no venía. Dijérase que no lo habían entendido. Tras la penosa pausa, preguntó, directa ya y embarazadamente, con una desdichada sonrisa:

—¿Qué es lo que más necesitan? Díganme: ¿en qué puedo ayudarles?

Las pupilas azules se iluminaron de alegría, de concupiscencia, en la cara labrada del viejo; sus manos se revolvieron como un amasijo sobre el cayado de su bastón. Pero antes de que llegara a expresar su excitación en palabras, había respondido, tajante, la voz de su hija:

—Nada necesitamos, señor. Se agradece.

Sobre Santolalla estas palabras cayeron como una lluvia de tristeza; se sintió perdido, desahuciado. Después de oírlas, ya no deseaba más que irse de allí; y ni siquiera por irse tenía prisa. Despacio, giró la vista por la pequeña sala, casi desmantelada, llena tan solo del viejo que, desde su sillón, le contemplaba ahora con indiferencia, y de la mujerona que lo encaraba de frente, en pie ante él, cruzados los brazos; y, alargándole a esta el carnet sindical de su hijo:

—Guárdelo —le ofreció—; es usted quien tiene derecho a guardarlo.

Pero ella no tendió la mano; seguía con los brazos cruzados. Se había cerrado su semblante; le relampaguearon los ojos y hasta pareció tener que dominarse mucho para, con serenidad y algún tono de ironía, responderle:

—¿Y qué quiere usted que haga yo con eso? ¿Que lo guarde? ¿Para qué, señor? ¡Tener escondido en casa un carnet socialista!, ¿verdad? ¡No! ¡Muchas gracias!

Santolalla enrojeció hasta las orejas. Ya no había más que hablar. Se metió el carnet en el bolsillo, musitó un «¡buenos días!» y salió andando calle abajo.

(De *La cabeza del cordero*, 1949)

La trastienda de los ojos[1]
Carmen Martín Gaite

LA CUESTIÓN ERA LOGRAR poner los ojos a salvo, encontrarles un agarradero. Francisco, por fin, lo sabía. Él, que era un hombre de pocos recursos, confuso, inseguro, se enorgullecía de haber alcanzado esa certeza por sí mismo, esta pequeña solución para innumerables situaciones. Por los ojos le asaltaban a uno y se colaban casa adentro. No podía sufrir él estos saqueos súbitos y desconsiderados de los demás, este obligarle a uno a salirse afuera, a desplegar, como colgaduras quieras que no, palabras y risas.

Saqueos: Asaltos.

—¡Qué divertida era aquella señora de Palencia! ¿Te acuerdas, Francisco?
—Francisco, cuéntales a estos lo del perrito.
—¿Verdad que cuando vino no estábamos? Que lo diga Francisco, ¿a que no estábamos?
—¿Margarita? Ah, eso, Francisco sabrá; es cosa de él. Vamos, no te hagas ahora el inocente; miras como si no supieras ni quién es Margarita. Se pone colorado y todo.

¿Colorado? ¿De verdad se estaría poniendo colorado? Pero no, es que lo interpretaban todo a su manera, que creaban historias enredadas, que lo confundían todo. Tal vez los estuviera mirando mitad con asombro, porque no se acordaba de Margarita, mitad con el

---

[1] Este cuento juega con la idea de que «tras los ojos» está el verdadero almacén de intereses de la vida de una persona. Su protagonista es un joven que aprende a utilizar la mirada para fingir interés hacia todo lo que ve y escucha, pero en realidad vive ausente y ensimismado. Y en esa «trastienda de los ojos», que representa su mundo interior, va almacenando todo lo visto y oído.

malestar que no acordarse le producía y con la prisa de enjaretar cualquier contestación para que le dejaran volverse en paz a lo suyo. Aunque, en realidad, si alguien le hubiese preguntado qué era lo suyo o por qué le absorbía tanto tiempo, no lo hubiera podido explicar. Pero vagamente sentía que volver a ello era lo mismo que soltarse de unas manos empeñadas y sucesivas que le arrastraban a dar vueltas debajo de una luz fastidiosa, quebrada, intermitente, ante una batería de candilejas que amenazase a cada instante con enfocar sus ojos de nuevo. Era soltarse de aquellas manos y llegar otra vez a la puerta de la casa de uno, y empujarla, y ponerse a recoger sosegadamente lo que había quedado por el medio, y no oír ningún ruido.

Enjaretar: Encajar.

Algunas personas hacían narraciones farragosas y apretadas sobre un tema apenas perceptible, minúsculo, que se llegaba a desvaír y escapar de las palabras, y era trabajosísimo seguirlo, no perderlo, desbrozarlo entre tanta niebla. A otros les daba por contar sucedidos graciosos que era casi indispensable celebrar; a otros por indignarse mucho —el motivo podía ser cualquiera—, y estos eran muy reiterativos y hablaban entrecortadamente con interjecciones y altibajos, pinchazos para achuchar a la gente, para meterla en aquella misma indignación que a ellos los atosigaba, y hasta que no lo lograban y luego pasaba un rato de propina, volviendo a hacer todos juntos los mismos cargos dos o tres veces más, no se podían aquietar. Pero los más temibles, aquellos de los que resultaba inútil intentar zafarse, eran los que esgrimían una implacable interpelación seguida de silencio: «¿Y a eso, qué me dices?». «¿Qué te parece de eso a ti?». Y se quedaban en acecho, con la barbilla ligeramente levantada.

Farragosas: Desordenadas.

Desvaír: Desvanecer.

Desbrozar: Despejar.

Francisco andaba inquieto, como náufrago, entre las conversaciones de los demás, alcanzado por todas, sin poder aislarse de ellas, pendiente de cuándo le tocaría meter baza. Y, aunque no le tocara, se sabía presente, cogido. Y le parecía que era sufrir la mayor

coacción darse por alistado y obligado a resistir en me- *Coacción:* Amenaza.
dio de conversaciones que ni le consolaban ni le concernían, no ser capaz de desentenderse de aquellas palabras de su entorno.
Hasta que un día descubrió que todo el misterio estaba en los ojos. Se escuchaba por los ojos; solamente los ojos le comprometían a uno a seguir escuchando. Sorprenderle sin que le hubiera dado tiempo a ponerlos a buen recaudo era para aquella gente igual que pillar un taxi libre y no soltarlo ya; estaba uno indefenso. Eran los ojos lo que había que aislar; a ellos se dirigían. Francisco aprendió a posarlos tenazmente en las lámparas, en los veladores, en los tejados, en grupos de gente que miraba a otro lado, en los gatos, en las alfombras. Se le pegaban a los objetos y a los paisajes empeñadamente, sorbiéndoles con el color y el dibujo, el tiempo y la pausa que albergaban. Y oía las conversaciones, desligado de ellas, desde otra altura, sin importarle el final ni el designio que tuvieran, distraído, arrullado por sus fragmentos. Sonreía un poco de cuando en cuando para fingir que estaba en la trama. Era una sonrisa pálida y errabunda que siempre recogía alguno; y desde ella se *Errabunda:* podían soltar incluso tres o cuatro breves frases que a Desorientada. nada comprometiesen. «Está triste», empezaron a dictaminar acerca de él; pero no le preguntaban nada porque no conseguían pillarle de plano los ojos.

Hablaban bien de él en todas partes.

—Su hijo, señora —le decían a su madre— tiene mucha vida interior.

—Es que, ¿sabe usted?, como anda preparando las oposiciones... Yo lo que creo es que estudia más de la cuenta.

Francisco no estudiaba más de la cuenta ni tenía mucha vida interior. Se metía en su cuarto, estudiaba la ración precisa y luego hacía pajaritas de papel y dibujos muy despacio. Iba al café, al casino, de paseo por el barrio de la Catedral. A su hermana le decían las amigas:

—Es estupendo. Escucha con tanto interés todas las cosas que se le cuentan. A mí no me importa que no sepa bailar.

La casa de los padres de Francisco estaba en la plaza Mayor de la ciudad, y era un primer piso. En verano, después que anochecía, dejaban abiertos los balcones, y desde la calle se veían las borlas rojas de una cortina y unos muebles oscuros, retratos, un quinqué encendido. Al fondo había un espejo grande que reflejaba luces del exterior.

Quinqué: Lámpara, candil.

—¡Qué bonita debe ser esa casa! —decían los chavales de la calle.

Y algunas veces Francisco los miraba desde el balcón de su cuarto. Los veía parados, despeinados, en la pausa de sus trajines y sus juegos, hasta que, de tanto mirarlos, ellos le miraban también, y empezaban a darse con el codo y a reírse. Francisco, entonces, se metía.

Un día su madre le llamó al inmediato saloncito.

—Mira, Francisco; mientras vivamos tu padre y yo, no tienes que preocuparte por ninguna cosa. Anoche precisamente lo estuvimos hablando.

Hubo una pequeña pausa, como las que se hacen en las conversaciones del teatro. Francisco se removía en su almohadón; los preámbulos le desconcertaban sobremanera y cada vez estaba menos preparado a escuchar cosas que le afectasen directamente. Se puso a mirar la luna, que estaba allí enfrente encima de un tejado, y era tan blanca y tan silenciosa y estaba tan lejos, que le daba un gran consuelo. Abría bien los dos ojos y se recogía imaginando las dos lunas pequeñitas que se le estarían formando en el fondo de ellos. Su madre volvió a hablar, y ya no era tan penoso oírla. Hablaba ahora de un complicado negocio que, al parecer, había salido algo mal, y en el que Francisco debía tener parte. Esto se conocía en la precisión con que aludía a nombres, fechas y detalles de los que él, sin duda, tendría que haber estado al tanto. Se acordaba

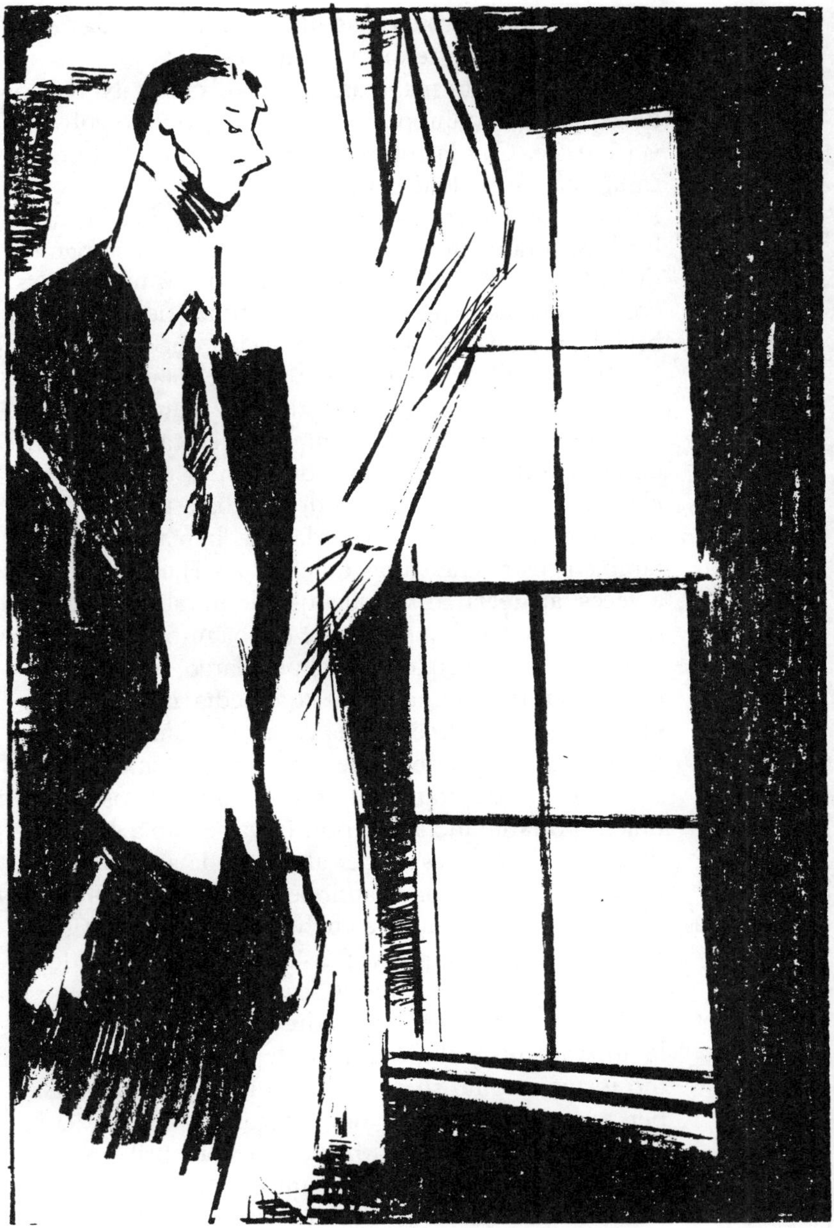

ahora de que ya otros días, durante las comidas, habían hablado de este mismo asunto.

—Tú, de todas maneras, no te preocupes. Ni por lo de la oposición tampoco. Se acabó. No quiero volver a verte triste. Con las oposiciones y sin ellas, te puedes casar cuando te dé la gana.

¡Ah, conque era eso! Francisco apretó los ojos a la luna. Seguramente su madre creía que estaba enamorado. ¿Lo estaría, a lo mejor? Alguna de las muchachas con las que había hablado en los últimos tiempos, ¿habría dejado una imagen más indeleble que las otras en aquel almacén del fondo de sus ojos? ¿Habría alguna de ellas a la que pudiese coger de la mano y pedirle: «Vámonos, vámonos»? Le empezó a entrar mucha inquietud. Allí, detrás de sus ojos, en la trastienda de ellos, en el viejo almacén, a donde iba a parar todo lo recogido durante días y tardes, se habían guardado también rostros de varias muchachas. Había una que, a veces, aparecía en sus sueños y le miraba sin hablar una palabra, igual que ahora le estaba mirando la luna. Era siempre la misma: tenía el pelo largo, oscuro, sujeto por detrás con una cinta. Él le pedía ansiosamente: «Por favor, cuéntame alguna cosa»; y solamente a esta persona en el mundo hubiera querido escuchar.

La madre de Francisco esperó, como si sostuviera una importante lucha interior. Él ya se había olvidado de que tenía que responder algo a lo de antes. Despegó los ojos de la luna cuando le oyó decir a su madre:

—Ea, no quiero que te vuelvas a poner triste. Cuando te dé la gana te puedes casar. Y con quien te dé la gana. Ya está dicho: Aunque sea con Margarita.

Francisco notó que su madre se quedaba espiándole furtivamente y sintió una fuerte emoción. En el mismo instante tomó su partido. No le importaba no saber exactamente quién era Margarita, no acordarse ahora del sitio en que la había visto por primera vez. Ya eran muchas las veces que unos y otros le nombraban a esta Margarita (y él, tan torpe, no había repara-

Indeleble: Imborrable.

Ea: Expresión de ánimo: ¡Venga, vamos!

do), a esta muchacha humilde de sus sueños que seguramente le quería. Sería insignificante, alguna amiga de sus hermanas, amiga ocasional, inferior para ellas, que todo lo medían por las buenas familias. Habría venido a casa algún día. Alguna empleada, a lo mejor. Su madre le había dicho: «Aunque sea con Margarita».

Pues con ella; con otra ya no podía ser. Tenía prisa por mirarla y por dejarse mirar, por entregarle sus ojos, con toda aquella cosecha de silencios, de sillas, de luces, de floreros y tejados, mezclados, revueltos, llenos de nostalgias. Sus ojos, que era todo lo que tenía, que valían por todo lo que podía haber pensado y echado de menos, se los daría a Margarita. Quería irse con ella a una ciudad desconocida. Depositar en la mirada de Margarita la suya inestable y desarraigada. Solamente los ojos le abren a uno la puerta, le ventilan y le transforman la casa. Se puso de pie.

Desarraigada: Exiliada, sin afectos ni intereses.

—Sí, madre, me casaré con Margarita. Me casaría con ella aunque te pareciera mal. Ahora mismo la voy a buscar. Tengo que verla.

Se lo dijo resueltamente, mirándola a la cara con la voz rebelde y firme que nunca había tenido, sacudiéndose de no sé qué ligaduras. Luego, a grandes pasos, salió de la habitación.

(Escrito en 1954, incluido en
Cuentos Completos, 1978)

El coche nuevo
Francisco García Pavón

Nos fuimos temprano a casa del abuelo, porque aquella mañana iban a llevar el «auto». Esperamos sentados en una pila muy alta de madera. El olor dulzón de los chopos recién cortados, con ramas todavía verdes, nos impregnaba las ropas. El sol llenaba todo el patio. Desde el taller llegaba el ruido de las máquinas. La impaciencia nos hacía hablar continuamente.

—¡A que va a ser mejor que el de don José!

—No; yo creo que va a ser igual que el del Gordito; lo dijo mi papá.

Lo que sabíamos seguro es que en todo el pueblo había solo cinco autos, y con el del abuelo iban a ser seis.

Habían sacado los tílburis y la tartana de la cochera, que esperaba vacía, con las puertas de par en par, la llegada del Ford flamante.

Tílburis y tartana: Tipos de carruajes.

—Verás qué susto se van a llevar las gallinas —decía Salvadorcito, mirándolas picotear por el patio, con jubilosa compasión.

La tartana y los dos tílburis estaban como desahuciados en los porches que servían de almacén de madera.

Colgados de las paredes de la cochera quedaron frenos, bocados, sillas y colleras de los caballos que, pensábamos, no era decoración muy adecuada para la residencia del Ford nuevo.

Bocados: Correas. *Colleras:* Collares para la caballería.

—Yo creo que el auto tendrá por lo menos dos bocinas —dijo mi primo.

—¡Qué barbaridad! ¡Dos bocinas!
—Sí, sí, sí, que me lo dijo el abuelo: una de aire y otra de claxon.
—Pero no son bocinas, ¡bocazas! Es una bocina y un claxon.
—Buenooo...
—Mi papá dice —interrumpió Salvadorcito— que con un coche se puede llegar hasta el fin del mundo que habitamos.
Se escuchó un bocinazo lejano.
—¿Oís?
Luego un petardeo que se aproximaba.
—¡Ya viene! ¡Ya viene!
Nos pusimos en pie sobre la pila de madera, sin atrevernos a bajar al suelo.

Más bocinazos, y por fin el Ford se cuadró muy lentamente frente a la portada para hacer la maniobra de entrar.

El reflejo del sol sobre el parabrisas nos deslumbró un segundo.

La abuela y la tía, que cosían en el mirador que daba al patio, abrieron las vidrieras de par en par, que nos lanzaron otro destello.

El Ford entró triunfalmente, como un tingladillo metálico, altirucho y vacilante.

Salvadorcito llevaba razón. Las gallinas salieron disparadas, derrapando al tomar curvas tan rápidas, con una ala desplegada y la otra barriendo.

Todos los operarios aparecieron en las ventanas del taller, y las barnizadoras en la puerta del jaraíz, que servía de obrador cuando no era vendimia.

Venía al volante don Antonio, el íntimo amigo del abuelo, que dio dos vueltas completas al patio sin dejar de tocar la bocina, mientras el abuelo nos saludaba a todos con la gorra en la mano. Por fin pararon en el centro del patio y descendieron solemnemente. Luego, todos: nosotros, los operarios (sin respeto alguno), las barnizadoras, la abuela, la tía, papá y el tío avanzamos

Tingladillo: Armatoste.
Altirucho: Forma coloquial de referirse a la altura.
Jaraíz: Lugar donde se pisa la uva para obtener el mosto.
Obrador: Taller de trabajo.

desde nuestros sitios hasta rodear el coche Ford modelo T. Y mirábamos en silencio aquel «portento del progreso humano». El abuelo y su amigo Antonio sonreían superiores. El pobre Ford negro (con el tiempo lo pintaron color aceituna) aguantaba tantas miradas, protegido por sus reflejos y misterio.

Sin darnos cuenta entraron varios vecinos y Lillo, el amigo del abuelo, que era muy alto y siempre bromeaba.

El tío se puso en cuclillas para mirar el coche por debajo y todos hicimos igual, menos las mujeres.

—Por nada del mundo me subiría yo en eso —exclamó una vecina.

—Pues no dices mal —respondió mi abuela, a quien parecía dirigirse la vecina, y que desde luego estaba dispuesta a subir a la primera insinuación.

Lillo, que era carretero, luego de mirar y remirar mucho los bajos del auto, dijo que si aquellas ruedas no serían pequeñas para tanto peso. El abuelo sonrió con suficiencia y le preguntó si quería ponérselas de pinas. Don Antonio añadió que los ingenieros americanos lo tenían todo muy bien calculado.

Carretero: Oficio que consistía en el mantenimiento de las carreteras.

De pinas: Se refiere a las ruedas sin goma de los carruajes antiguos.

Cuando los comentarios empezaron a decaer, dijo don Antonio al abuelo:

—Venga, Luis; voy a darte la primera lección de conducir. Dale a la manivela.

Y el abuelo, muy diligente, se fue al rabito quebrado que era la manivela. Don Antonio se subió al volante. Todos nos apartamos un poco.

El coche, como respuesta a los esfuerzos congestivos del abuelo, disparó unos tiritos, pero en seguida se calló. El abuelo, casi enfurecido, volvió a darle con tantas ganas, que se le iban las gafas.

—Coño, coño —dijo Lillo.

Como el abuelo interpretase aquellas exclamaciones de su amigo como acusación de menos valer, sin apenas tomar resuello, volvió a girar el hierro con tal ímpetu, que el auto empezó a temblonear y ya hizo un

Resuello: Aliento.

ruido continuo. El abuelo se subió rápido y cerró la portezuela poniéndose en actitud hierática. Don Antonio tocó la bocina de goma, las mujeres dieron un grito y todos nos apartamos.

Hierática: Solemne, inexpresiva.

—Coño, coño.

El coche, muy despacio, comenzó a dar vueltas por el patio. Don Antonio hablaba al abuelo con grandes voces por el ruido del motor. Vimos en seguida que a cada nada el coche cambiaba de ruido, se aceleraba, casi se paraba, y era porque el abuelo ya iba aprendiendo a poner las manos en las cositas.

—¡Cuidado, Luis, que eres muy nervioso! —gritaba la abuela.

Habían ido allegándose mucha gente de la calle y formábamos un círculo muy grande de personas para ver evolucionar el auto.

Una vez, el abuelo, que llevaba el volante cruzando los brazos ante el cuerpo de don Antonio, hizo una mala curva y asustó a todos los de aquel rodal.

Rodal: Lugar más o menos redondeado que, por cualquier circunstancia, se distingue de lo que le rodea.

—¡Luis!
—¡Coño!
—¡Ahí va, ahí va, abuelo! ¡Eres el más valiente! —dijo el primo tan pronto vio que enderazaba el coche.

Entre la gente de la calle llegó la Antonia, la ciega, que, después de escuchar un rato, le preguntó a Lillo:

—¿Cómo es? ¿Cómo es? ¿Como un carro?
—Sí, como un carro con cuatro ruedas pequeñicas.
—¿Y va solo?
—Solito, como un animal.
—¡Válgame Dios!

Cuando ya estaba el sol en lo más alto, dejaron de ensayar y entraron el auto en la cochera. Entonces la abuela y las chicas se pusieron a lavarlo con unas gamuzas y agua y a nosotros nos dejaron subir un ratito. El abuelo y Lillo no se cansaban de mirarlo mientras lo lavaban.

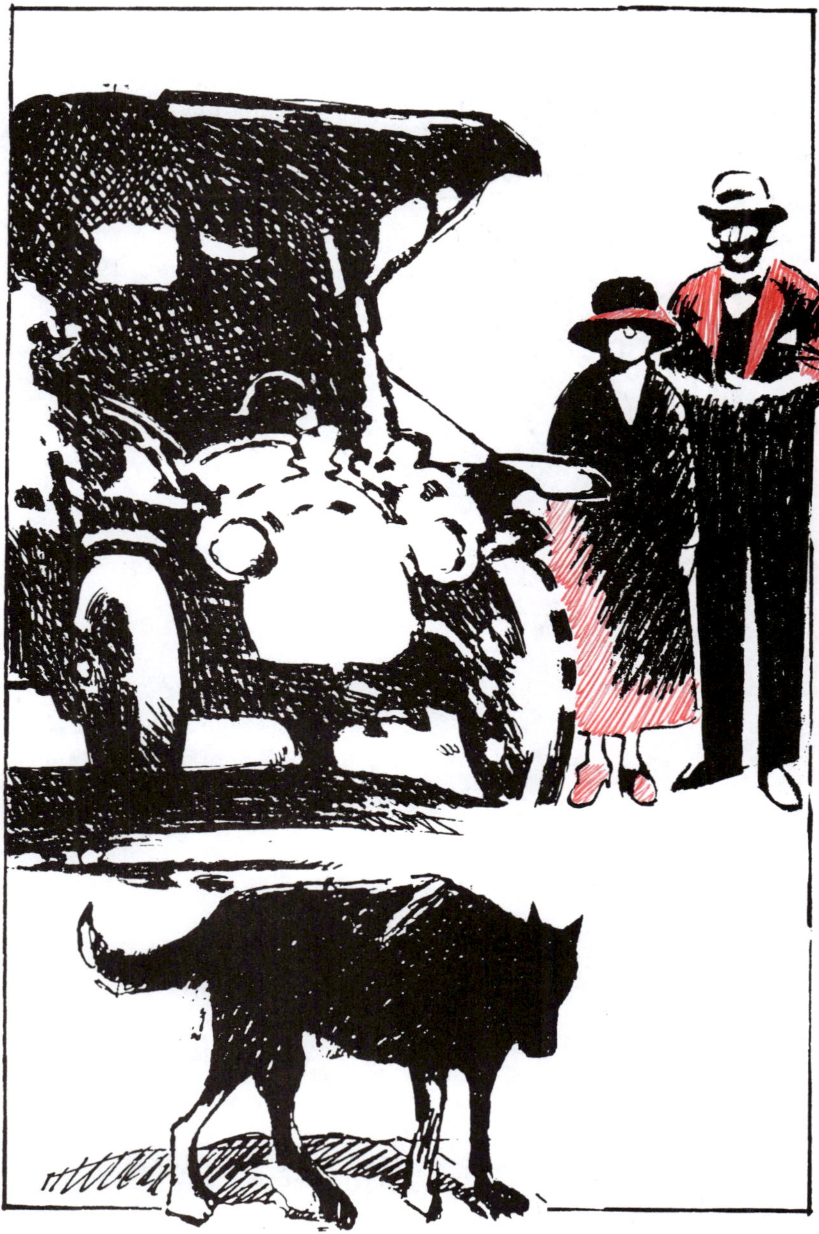

Retrospectivo: Se refiere, con ironía, a pueblos que miran al pasado más que al futuro.

—¡Coño, Luis, qué tiempos!
Entonces el abuelo —don Antonio, que era conservador ya se había ido— habló del progreso de las ciencias, de Blasco Ibáñez, de don Melquíades Álvarez[1] y de la democracia americana, gracias a la cual se hacían autos, y no en pueblos «retrospectivos» como España.

(De *Cuentos republicanos*, 1961)

---

[1] *Blasco Ibáñez* (1867-1928): Novelista español heredero del naturalismo. Autor de obras de relevancia como *La barraca*. *Melquíades Álvarez* (1864-1936): Político español de talante moderado. Fundó el Partido Reformista.

Pecado de omisión
Ana María Matute

A LOS TRECE AÑOS, se le murió la madre, que era lo último que le quedaba. Al quedar huérfano ya hacía lo menos tres años que no acudía a la escuela, pues tenía que buscarse el jornal de un lado para otro. Su único pariente era un primo de su madre, llamado Emeterio Ruiz Heredia. Emeterio era el alcalde y tenía una casa de dos pisos asomada a la plaza del pueblo, redonda y rojiza bajo el sol de agosto. Emeterio tenía doscientas cabezas de ganado paciendo por las laderas de Sagrado y una hija moza, bordeando los veinte, morena, robusta, riente y algo necia. Su mujer, flaca y dura como un chopo, no era de buena lengua y sabía mandar. Emeterio Ruiz no se llevaba bien con aquel primo lejano, y a su viuda, por cumplir, la ayudó buscándole jornales extraordinarios. Luego, al chico, aunque le recogió una vez huérfano, sin herencia ni oficio, no le miró a derechas. Y como él los de su casa.

La primera noche que Lope durmió en casa de Emeterio, lo hizo debajo del granero. Se le dio cena y un vaso de vino. Al otro día, mientras Emeterio se metía la camisa dentro del pantalón, apenas apuntando el sol en el canto de los gallos, le llamó por el hueco de la escalera, espantando a las gallinas que dormían entre los huecos:

—¡Lope!

Lope bajó descalzo, con los ojos pegados de legañas. Estaba poco crecido para sus trece años y tenía la cabeza grande, rapada.

—Te vas de pastor a Sagrado.

Jornal: Salario, sueldo.

Mirar a derechas: Frase hecha, que significa mirar bien, como se debe.

Lope buscó las botas y se las calzó. En la cocina, Francisca, la hija, había calentado patatas con pimentón. Lope las engulló deprisa, con la cuchara de aluminio goteando a cada bocado.

—Tú ya conoces el oficio. Creo que anduviste una primavera por las lomas de Santa Áurea, con las cabras de Aurelio Bernal.

—Sí, señor.

—No irás solo. Por allí anda Roque el Mediano. Iréis juntos.

—Sí, señor.

Francisca le metió una hogaza en el zurrón, un cuartillo de aluminio, sebo de cabra y cecina.

—Andando —dijo Emeterio Ruiz Heredia.

Lope le miró. Lope tenía los ojos negros y redondos, brillantes.

—¿Qué miras? ¡Arreando!

Lope salió, zurrón al hombro. Antes, recogió el cayado, grueso y brillante por el uso, que guardaba, como un perro, apoyado en la pared.

Cuando iba ya trepando por la loma de Sagrado, lo vio don Lorenzo, el maestro. A la tarde, en la taberna, don Lorenzo lió un cigarrillo junto a Emeterio, que fue a echarse una copa de anís.

—He visto a Lope —dijo—. Subía para Sagrado. Lástima de chico.

—Sí —dijo Emeterio limpiándose los labios con el dorso de la mano—. Va de pastor. Ya sabe: hay que ganarse el currusco. La vida está mala. El «esgraciado» del Pericote no le dejó ni una tapia en que apoyarse y reventar.

—Lo malo dijo don Lorenzo, rascándose la oreja con su uña larga y amarillenta— es que el chico vale. Si tuviera medios podría sacarse partido de él. Es listo. Muy listo. En la escuela...

Emeterio le cortó, con la mano frente a los ojos:

—¡Bueno, bueno! Yo no digo que no. Pero hay que ganarse el currusco. La vida está peor cada día que pasa.

Hogaza: Pan.
Cuartillo: Medida de capacidad, «vaso», equivale a medio litro aproximadamente.

Cayado: Bastón.

Ganarse el currusco: Ganarse el pan.
Esgraciado: Desgraciado.

Lope llegó a Sagrado, y voceando encontró a Roque el Mediano. Roque era algo retrasado y hacía unos quince años que pastoreaba para Emeterio. Tendría cerca de cincuenta años y no hablaba casi nunca. Durmieron en el mismo chozo de barro, bajo los robles, aprovechando el abrazo de las raíces. En el chozo solo cabían echados y tenían que entrar a gatas, medio arrastrándose. Pero se estaba fresco en el verano y bastante abrigado en el invierno.

El verano pasó. Luego el otoño y el invierno. Los pastores no bajaban al pueblo, excepto el día de la fiesta. Cada quince días un zagal les subía la «collera»: pan, cecina, sebo, ajos. A veces, una bota de vino. Las cumbres de Sagrado eran hermosas, de un azul profundo, terrible, ciego. El sol, alto y redondo, como una pupila impertérrita reinaba allí. En la neblina del amanecer, cuando aún no se oía el zumbar de las moscas ni crujido alguno, Lope solía despertar, con la techumbre de barro encima de los ojos. Se quedaba quieto un rato, sintiendo en el costado el cuerpo de Roque el Mediano, como un bulto alentante. Luego, arrastrándose, salía para el cerradero. En el cielo, cruzados, como estrellas fugitivas, los gritos se perdían, inútiles y grandes. Sabía Dios hacia que parte caerían. Como las piedras. Como los años. Un año, dos, cinco.

Cinco años más tarde, una vez, Emeterio le mandó llamar, por el zagal. Hizo reconocer a Lope por el médico, y vio que estaba sano y fuerte, crecido como un árbol.

—¡Vaya roble! —dijo el médico, que era nuevo. Lope enrojeció y no supo qué contestar.

Francisca se había casado y tenía tres hijos pequeños, que jugaban en el portal de la plaza. Un perro se le acercó, con la lengua colgando. Tal vez le recordaba. Entonces vio a Manuel Enríquez, el compañero de la escuela que siempre le iba a la zaga. Manuel vestía un traje gris y llevaba corbata. Pasó a su lado y les saludó con la mano. Francisca comentó:

Vocear: Chillar.

Collera: Guarnición.

Alentante: Con aliento.
Cerradero: Lugar donde está encerrado el ganado.

Ir a la zaga: Figuradamente, ir detrás de alguien.

—Buena carrera, ese. Su padre lo mandó estudiar y ya va para abogado.
Al llegar a la fuente volvió a encontrarlo. De pronto, quiso llamarle. Pero se le quedó el grito detenido, como una bola, en la garganta.
—¡Eh! —dijo solamente. O algo parecido.
Manuel se volvió a mirarle, y le conoció. Parecía mentira: le conoció. Sonreía.
—¡Lope! ¡Hombre, Lope...!
¿Quién podía entender lo que decía? ¡Qué acento tan extraño tienen los hombres, que raras palabras salen por los oscuros agujeros de sus bocas! Una sangre espesa iba llenándole las venas, mientras oía a Manuel Enríquez.
Manuel abrió una cajita plana, de color de plata, con los cigarrillos más blancos, más perfectos que vio en su vida. Manuel se la tendió, sonriendo.
Lope avanzó su mano. Entonces se dio cuenta de que era áspera, gruesa. Como un trozo de cecina. Los dedos no tenían flexibilidad, no hacía el juego. Qué rara mano la de aquel otro: una mano fina, con dedos como gusanos grandes, ágiles, blancos, flexibles. Qué mano aquella, de color de cera, con las uñas brillantes, pulidas. Que mano extraña: ni las mujeres la tenían igual. La mano de Lope rebuscó, torpe. Al fin, cogió el cigarrillo, blanco y frágil, extraño, en sus dedos amazocotados: inútil, absurdo, en sus dedos. La sangre de Lope se le detuvo en las cejas. Tenían una bola de sangre agolpada, quieta, fermentando entre las cejas. Aplastó el cigarrillo con los dedos y se dio media vuelta. No podía detenerse, ni ante la sorpresa de Manuelito, que seguía llamándole:
—¡Lope! ¡Lope!
Emeterio estaba sentado en el porche, en mangas de camisa, mirando a sus nietos. Sonreía viendo a su nieto mayor, y descansando de la labor, con la bota de vino al alcance de la mano. Lope fue directo a Emeterio y vio sus ojos interrogantes y grises.

Amazacotados: Compactos.

—Anda, muchacho, vuelve a Sagrado, que ya es hora...

En la plaza había una piedra cuadrada, rojiza. Una de esas piedras grandes como melones que los muchachos transportaban desde alguna pared derruida. Lentamente, Lope la cogió entre sus manos. Emeterio le miraba, reposado, con una leve curiosidad. Tenía la mano derecha metida entre la faja y el estómago. Ni siquiera le dio tiempo de sacarla: el golpe sordo, el salpicar de su propia sangre en el pecho, la muerte y la sorpresa, como dos hermanas, subieron hasta él, así, sin más.

Cuando se lo llevaron esposado, Lope lloraba. Y cuando las mujeres, aullando como lobas, le querían pegar e iban tras él, con los mantos alzados sobre las cabezas, en señal de duelo, de indignación, «Dios mío, él, que le había recogido, Dios mío, él, que le hizo hombre. Dios mío, se habría muerto de hambre si él no lo recoge...», Lope solo lloraba y decía:

—Sí, sí, sí...

(De *Historias de la Artámila*[1], 1961)

---

[1] Conviene aclarar que la «Artámila» es una región imaginaria del mundo literario de Ana María Matute. En ese lugar de su fantasía localiza historias como esta, de niños rodeados de un ambiente hostil y cruel que propicia la rápida pérdida de la inocencia. La idea de inventar esa región parte de sus recuerdos de la infancia en Castilla, en la aldea Mansilla de la Sierra donde veraneaba con sus abuelos.

La despedida
Ignacio Aldecoa

A TRAVÉS DE LOS CRISTALES del departamento y de la ventana del pasillo, el cinemático paisaje era una superficie en la que no penetraba la mirada; la velocidad hacía simple perspectiva de la hondura. Los amarillos de las tierras paniegas, los grises del gredal y el almagre de los campos lineados por el verdor acuoso de las viñas se sucedían monótonos como un traqueteo.

En la siestona tarde de verano, los viajeros apenas intercambian desganadamente suspensivos retazos de frases. Daba el sol en la ventanilla del departamento y estaba bajada la cortina de hule.

El son de la marcha desmenuzaba y aglutinaba el tiempo; era un reloj y una salmodia. Los viajeros se contemplaban mutuamente sin curiosidad y el cansino aburrimiento del viaje les ausentaba de su casual relación. Sus movimientos eran casi impúdicamente familiares, pero en ellos había hermetismo y lejanía.

Cuando fue disminuyendo la velocidad del tren, la joven sentada junto a la ventanilla, en el sentido de la marcha, se levantó, y alisó su falda y ajustó su faja con un rápido movimiento de las manos balanceándose, y después se atusó el pelo de recién despertada, alborotado, mate y espartoso.

—¿Qué estación es esta, tía? —preguntó.

Uno de los tres hombres del departamento le respondió antes que la mujer sentada frente a ella tuviera tiempo de contestar.

—¿Hay cantina?

Cinemática: Parte de la mecánica que trata del movimiento en sus condiciones de espacio y tiempo.

Tierras paniegas: Tierras dedicadas al cultivo de cereales.

Gredal: Terreno que abunda en greda o arcilla arenosa.

Almagre: Óxido rojo de hierro que se encuentra en estado nativo y suele usarse en la pintura.

Retazos: Trozos.

Salmodia: Sonido repetitivo, provocado por el traqueteo del tren.

Atusarse: Arreglarse.

Espartoso: Adjetivo que califica un pelo basto como el esparto.

Cantina: Bar de la estación.

—No, señorita. En la próxima.

La joven hizo un mohín, que podía ser de disgusto o simplemente un reflejo de coquetería, porque inmediatamente sonrió al hombre que le había informado. La mujer mayor desaprobó la sonrisa llevándose la mano a su roja, casi cárdena pechuga, y su papada se redondeó al mismo tiempo que sus labios se afinaban y entornaba los párpados de largas y pegoteadas pestañas.

—¿Tiene usted sed? ¿Quiere beber un traguillo de vino? —preguntó el hombre.

—Te sofocará —dijo la mujer mayor— y no te quitará la sed.

—Quiá, señora. El vino, a pocos, es bueno.

El hombre descolgó su bota del portamaletas y se la ofreció a la joven.

—Tenga cuidado de no mancharse —advirtió.

La mujer mayor revolvió en su bolso y sacó un pañuelo grande como una servilleta.

—Ponte esto —ordenó—: Puedes echar a perder el vestido.

Los tres hombres del departamento contemplaron a la muchacha bebiendo; los tres tenían sus manos grandes de campesinos posadas, mineral e insolidariamente, sobre las rodillas. Su expectación era teatral, como si de pronto fuera a ocurrir algo previsto como muy gracioso. Pero nada sucedió y la joven se enjugó una gota que le corría por la barbilla a punto de precipitarse ladera abajo de su garganta hacia las lindes del verano, marcadas en su pecho y contrastando con el tono tabaco de la piel soleada.

Se disponían los hombres a beber con respeto y ceremonia, cuando el traqueteo del tren se hizo más violento y los calderones de las melodías de la marcha más amplios. El dueño de la bota la sostuvo cuidadosamente, como si en ella hubiera vida animal, y la pretó con delicadeza, cariciosamente.

—Ya estamos —dijo.

—¿Cuánto para aquí? —preguntó la mujer mayor.

Mohín: Gesto.

Quiá: Expresión popular que refleja incredulidad.

Lindes: Límites.

Calderones: Compases.

Pretó: Apretó.

—Bajarán la mercancía y no se sabe. La parada es de tres minutos.
—¡Qué calor! —se quejó la mujer mayor, dándose aire con una revista cinematográfica—. ¡Qué calor y que asientos! Del tren a la cama...
—Antes era peor —explicó el hombre sentado junto a la puerta—. Antes, los asientos eran de madera y se revenía el pintado. Antes echaba uno hasta la capital cuatro horas largas, si no traía retraso. Antes, igual no encontraba usted asiento y tenía que ir en el pasillo con los cestos. Ya han cambiado las cosas, gracias a Dios. Y en la guerra... En la guerra tenía que haber visto usted este tren. A cada legua le daban el parón y todo el mundo abajo. En la guerra...

Revenirse: Estropearse.

Legua: Medida de distancia equivalente a 5,5 km.

Se quedó un instante suspenso. Sonaron los frenos del tren y sonó como un encontronazo.
—¡Vaya calor! —dijo la mujer mayor.
—Ahora se puede beber —afirmó el hombre de la bota.
—Traiga usted —dijo suavemente y rogativamente, el que había hablado de la guerra—. Hay que quitarse el hollín. ¿No quiere usted señora? —ofreció a la mujer mayor.

Hollín: Suciedad provocada por el humo del tren.

—No, gracias. No estoy acostumbrada.
—A esto se acostumbra uno pronto.
La mujer mayor frunció el ceño y se dirigió en un susurro a la joven; el susurro coloquial tenía un punto de menosprecio para los hombres del departamento al establecer aquella marginal intimidad. Los hombres se habían pasado la bota, habían bebido juntos y se habían vinculado momentáneamente. Hablaban de cómo venía el campo y en sus palabras se traslucía la esperanza. La mujer mayor volvió a darse aire con una revista cinematográfica.
—Ya te lo dije que deberíamos haber traído un poco de fruta —dijo a la joven—. Mira que insistió Encarna; pero tú con tus manías...
—En la próxima hay cantina, tía.

—Ya lo he oído.

La pintura de los labios de la mujer mayor se había apagado y extendido fuera del perfil de la boca. Sus brazos no cubrían la ancha mancha de sudor axilar, aureolada del destinte de la blusa.

La joven levantó la cortina de hule. El edificio de la estación era viejo y tenía un abandono triste y cuartelero. En su sucia fachada nacía, como un borbotón de colores, una ventana florida de macetas y de botes con plantas. De los aleros del pardo tejado colgaba un encaje de madera ceniciento, roto y flecoso. A un lado estaban los retretes, y al otro un tingladillo, que servía para almacenar mercancías. El jefe de la estación se paseaba por el andén; dominaba y tutelaba como un gallo, y su quepis rojo era una cresta irritada entre las gorras, las boinas y los pañuelos negros.

El pueblo estaba retirado de la estación a cuatrocientos o quinientos metros. El pueblo era un sarro que manchaba la tierra y se extendía destartalado hasta el leve henchimiento de una colina. La torre de la iglesia —una ruina erguida, una desesperada permanencia— amenazaba al cielo con su muñón. El camino calcinado, vacío y como inútil hasta el confín de azogue, atropaba las soledades de los campos.

Los ocupantes del departamento volvieron las cabezas. Forcejeaba, jadeante, un hombre con la puerta. El jadeo se intensificó. Dos de los hombres del departamento le ayudaron a pasar la cesta y la maleta de cartón atada con una cuerda. El hombre se apoyó en el marco y contempló a los viajeros. Tenía una mirada lenta, reflexiva, rastreadora. Sus ojos, húmedos y negros como limacos, llegaron hasta su cesta y maleta colocadas en la redecilla del portamaletas, descendieron a los rostros y a la espera, antes de que hablara. Luego se quitó la gorrilla y sacudió con la mano desocupada su blusa.

—Salud les dé Dios —dijo, e hizo una pausa—. Ya no está uno con la edad para andar en viajes.

Pidió permiso para acercarse a la ventanilla y todos

Tingladillo: Armatoste.

Quepis: Gorro de uniforme militar.

Sarro: Residuo.

Henchimiento: Bulto.

Confín: Extremo, límite.
Azogue: Mercurio.
Atropar: Reunir.

Limacos: Babosas.

encogieron las piernas. La mujer mayor suspiró potestativamente y al acomodarse se estiró buchona.

—Perdone la señora.

Bajo la ventanilla, en el andén, estaba una anciana acurrucada, en desazonada atención. Su rostro era apenas un confuso burilado¹ de arrugas que borroneaba las facciones, unos ojos punzantes y unas aleteadoras manos descarnadas.

Potestativamente: Voluntariamente.

Buchona: Hinchando el estómago.

—¡María! —gritó el hombre—. Ya está todo en su lugar.

—Siéntate, Juan, siéntate —la mujer voló una mano hasta la frente para arreglarse el pañuelo, para palpar el sudor del sofoco, para domesticar un pensamiento—. Siéntate hombre.

—No va a salir todavía.

—No te conviene estar de pie.

—Aún puedo. Tú eres la que debías...

—Cuando se vaya...

En cuanto llegue iré a ver a don Cándido. Si mañana me dan plaza, mejor.

—Que haga lo posible. Dile todo, no dejes de decírselo.

—Bueno, mujer.

—Siéntate, Juan.

—Falta que descarguen. Cuando veas al hijo de Manuel le dices que le diga a su padre que estoy en la ciudad. No le cuentes por qué.

—Ya se enterará.

—Cuídate mucho, María. Come.

—No te preocupes. Ahora, siéntate. Escríbeme con lo que te digan. Ya me leerán la carta.

—Lo haré, lo haré. Ya verás como todo saldrá bien.

El hombre y la mujer se miraron en silencio. La mujer se cubrió el rostro con las manos. Pitó la locomotora. Sonó la campana de la estación. El ruido de los frenos al aflojarse pareció extender el tren, desperezarlo antes de emprender la marcha.

---

¹ Se refiere a una cara marcada, como por un buril o punzón, por arrugas profundas.

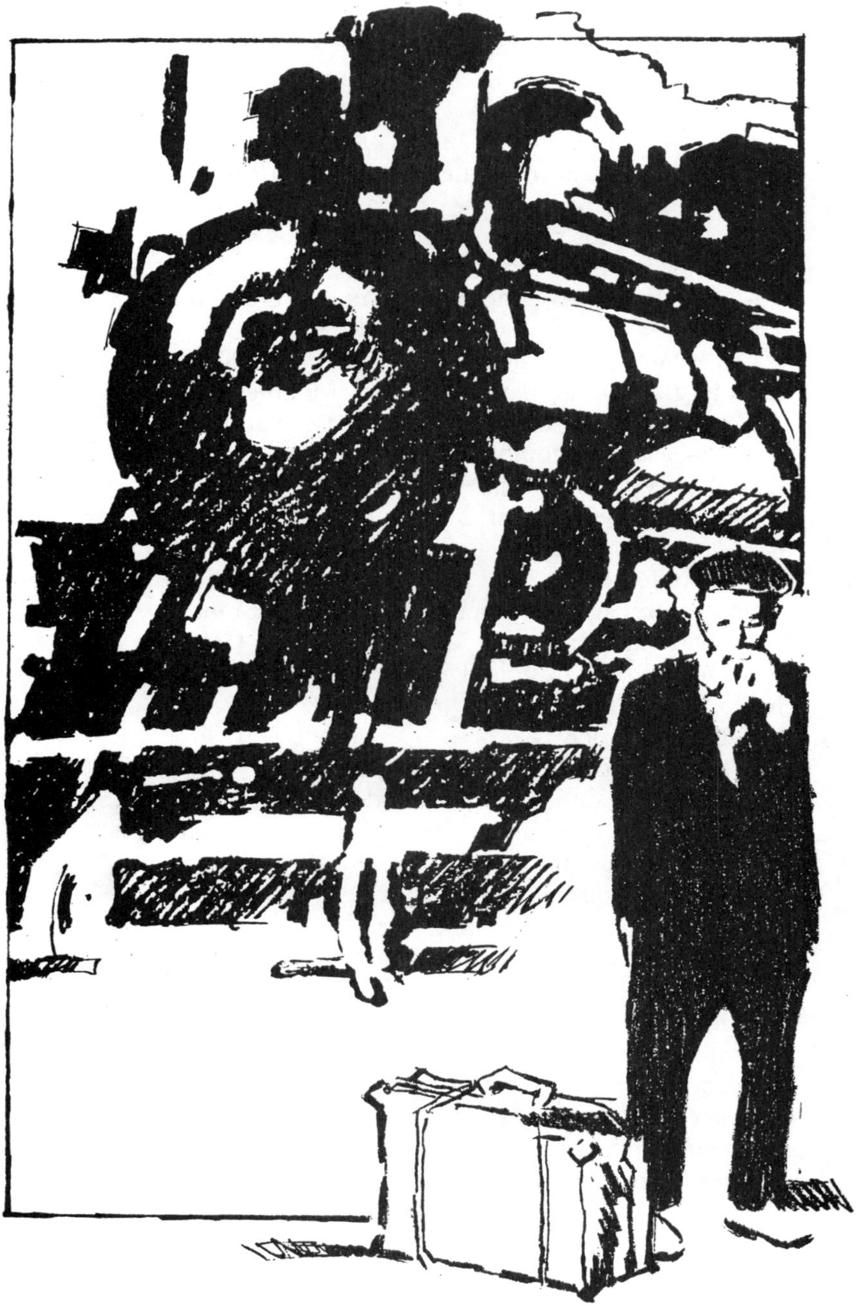

—¡No llores, María! —gritó el hombre—. Todo saldrá bien.
—Siéntate, Juan —dijo la mujer confundida por sus lágrimas—. Siéntate, Juan —y en los quiebros de su voz había ternura, amor, miedo y soledad.
El tren se puso en marcha. Las manos de la mujer revolotearon en la despedida. Las arrugas y el llanto habían terminado de borrar las facciones.
—Adiós, María.
Las manos de la mujer respondían al adiós y todo lo demás era reconcentrado silencio. El hombre se volvió. El tren rebasó el tingladillo del almacén y entró en los campos.
—Siéntese aquí, abuelo —dijo el hombre de la bota, levantándose.
La mujer mayor estiró las piernas. La joven bajó la cortina de hule. El hombre que había hablado de la guerra sacó una petaca oscura, grande, hinchada y suave como una ubre.

Petaca: Estuche para el tabaco.

—Tome usted, abuelo.
La mujer mayor se abanicó de nuevo con la revista cinematográfica y se preguntó con inseguridad.
—¿Las cosechas son buenas este año?
El hombre que no había hablado a las mujeres, que solamente había participado de la invitación al vino y de las hablas del campo, miró fijamente al anciano, y su mirada era solidaria y amiga. La joven decidió los prólogos de la intimidad compartida.
—¿Va usted a que le operen?
Entonces el anciano bebió la bota, aceptó el tabaco y comenzó a contar. Sus palabras acompañaban a los campos.
—La enfermedad..., la labor..., la tierra..., la falta de dinero...; la enfermedad..., la labor...; la enfermedad... La primera vez que María y yo nos separamos...
Sus años se sucedían monótonos como un traqueteo.

(De *Caballo de pica*, 1961)

Aquella novela
Medardo Fraile

Luis es un muchacho honrado, de músculos lo bastante fuertes para subir a la baca lo que sea, trabajar duro con los mecánicos, abrir, forzándola, una puerta atrampada, coger en peso a una vieja, por gorda y torpe que esté, y alzarla o impedir que se caiga. Luis inspira confianza; su risa es apretada, limpia, larga; sus brazos tienen calor humano, sudor nuevo. «Yo me quedé sin madre a los tres años», le conté un día, no sé por qué. Se le empañaron los ojos y fue a sentarse, disimulando, a un rincón. Él aún tiene madre y hermanas, y solo por ellas sería capaz de usar los puños contra alguien. Es un muchacho vulgar pero extraordinario, agraciado por antiguas moralidades, por simplezas y cariños que han templado siempre la vida. Un tipo con luz, al que deseamos cosas buenas los que le hemos tratado: que dé con un buen patrono, que tenga suerte, que sea un hombre feliz y de provecho, que sus pies hagan huella en el mundo.

Nunca hubiera pensado en todo esto si no fuera porque le voy a dejar. Porque de Luis solo puedo contar una cosa fuera de lo corriente. Para mí por lo menos, siempre lo ha sido. Antes diré que he estado tres años en «La Campurriana» y que me voy a una empresa mayor. Quizá algún día pueda tirar de él.

Los coches salen por las mañanas y, después de las cinco, por la tarde. A las cuatro, abro la taquilla de billetes, y Luis, que ha levantado el cierre, anda sentado por allí esperando o mirando una hoja atrasada de periódico, arrugada y manchada de haberse servido para

Baca: Portaequipajes.

empaquetar. Así pasa el tiempo. No lee. Mira la hoja, le da vuelta, bosteza y, a veces, se fija, acercándose, en algún artículo o alguna foto que le llama, no sé por qué, la atención. Luego la deja caer, saca un cigarro, me mira, y, casi siempre, cruzamos unas palabras y liamos la charla hasta las cinco.

Hablamos de muchas cosas. Por ejemplo, del nuevo autocar que lleva anunciando el jefe más de un año, que no llega y que me voy sin verlo. De si «carga» más o menos de dieciséis viajeros el *Chevrolet*[1] viejo. De la gachí que se montó ayer para Los Molinos. De lo mal que se llevan Paco y Manolo, los más antiguos de la casa. De la feria de San Sebastián de los Reyes, de Valdemorillo o Navalcarnero[2]. De si el negocio va o no va. Del frío y del calor. De si el patrono repetirá lo del pollo el 18 de julio[3]. De que Matías, el nuevo, «apunta» bien el flamenco[4]. De que Manolo viene diciendo que el campo pide agua. De que Paco dice que la lluvia ha estropeado el campo, etc.

Pues bien. Casi siempre, cuando estamos hablando de estas cosas, Luis sonríe ligeramente, alza las cejas y, mirándose las rodillas, dice: «Una vez leí yo una novela...».

Lo explicaré mejor. Por un tema cualquiera, de dentro o fuera de la casa, Luis recuerda aquella novela que leyó. Creo que no hemos hablado en tres años de nada importante, y hasta no importante, que Luis no recordara haberlo encontrado, más memorable y rico, más vivo, en la novela aquella. De pesca, caza, fútbol, teatro, cine, quinielas, monstruos; de millonarios, pobres, políticos, tómbolas; de guerra y paz; de desgraciados,

Gachí: Término que emplean los hombres para referirse a las mujeres (andalucismo).

---

[1] Marca de coche.
[2] *Los Molinos, San Sebastián de los Reyes, Valdemorillo, Navalcarnero* son municipios de la Comunidad de Madrid.
[3] El 18 de julio es la fecha que conmemoraba la sublevación del ejército de Franco contra el gobierno de la II República. Durante el régimen de Franco ese día era festivo y se estableció una gratificación salarial para los trabajadores.
[4] Se refiere a un personaje que parece tener cualidades para el «flamenco».

de gente con suerte, de jugadores, mujeres, aventureros, personajes históricos; de la portera del 54; de Argelia, Alemania, Norteamérica, Rusia; de España; de gallegos, catalanes, analfabetos, maestros, criadas, aristócratas, empleados, negociantes, caballos, galgos, tigres, leones, aviones, barcos, motos, coches, trenes, pueblos, ciudades; de la Luna, el espacio, el mar, la tierra, los volcanes; del matrimonio, de pisos; de la lotería, de la radio; de curas, padres, hijos, toreros, militares, paisanos en general.

Cada vez que, al hacerse una pausa, Luis decía, tratando de meterse en su recuerdo: «Una vez leí yo una novela...», el aire se adensaba, se paraba a escuchar y las mamparas que nos separan del público y huelen a magdalenas, a grasa, a pan candeal, a cesta de higos y, cuando llueve, a veces, no sé por qué, a tinta fresca de imprenta, animaban su ajado color naranja, porque allí, en aquella novela, estaba lo que nosotros hablábamos, pero mejor, más elevado y picante, con sentido, interés y detalles para no olvidarlo nunca.

Pan candeal: Pan blanco.

Ajado: Marchito, deslucido.

Yo he pensado muchas veces que sería el *Quijote*, pero luego me decía a mí mismo que no podía ser; que el *Quijote*, digan lo que digan, no tiene ambiente más que en las escuelas, por ser quizá demasiado bueno. Yo nunca lo he leído. Y no puedo imaginarme a Luis leyéndolo. Otras veces pensaba que sería una novela policíaca o de aventuras, pero la gente que sabe no la lee y, cuando las desprecian, por algo será. En el fondo, siempre son lo mismo; tienen intriga, pero sirven solo para pasar el rato, para ir leyendo en el Metro. En tres años lo he supuesto todo: que fuera de Salgari, o de Julio Verne, aunque este es, sobre todo, cosa de fantasía. De Zane Grey o de *James Oliver Curvó*[5]. He sospecha-

---

[5] *Emilio Salgari* (1863-1911): Escritor italiano autor de famosas novelas de aventuras. *Julio Verne* (1828-1905): Escritor francés autor de novelas de éxito, como *Cinco semanas en globo* o *Viaje al centro de la tierra*. *Zane Grey* (1872-1939): Autor estadounidense; instauró el relato del Oeste americano como género. *James Oliver Curvó* (1878-1929): Autor estadounidense; exploró el norte de Canadá y allí se documentó para ambientar sus novelas sobre animales.

do bastante tiempo que la novela sería de Blasco Ibáñez, porque este tenía miga y casi más fama que Di Stéfano[6]. Tanto dijo, que hasta habló demasiado y le quieren ahora postergar. Eso me contó un día Jaime el Valenciano, y es cierto que no le oigo nombrar nunca. Puede que fuera de Blasco Ibáñez. No sé. Aunque una novela así, para tanto, solo Dios puede haberla escrito.

El caso es que yo he leído lo mío, y todavía, de cuando en cuando, me cargo una novela sin reparar en nada, pero así, como la de Luis, nunca la he encontrado. Él todo lo ha visto y vivido en ella mejor que los demás. Nunca la olvida. A veces me he preguntado por qué no habrá seguido leyendo si tuvo aquella vez tanta suerte; si le habrá parecido tan maravillosa por ser la única que ha leído; o si habrá intentado seguir leyendo otras, pero le han defraudado. También he sospechado que Luis, las buenas cosas que piensa, imagina o siente, se las añade a aquella novela solo por humildad. Porque nunca sigue adelante. Dice: «Una vez leí yo una novela...», sonríe, se mira las rodillas o mira lejos, y hace un gesto complacido y vago, como diciendo: «Para qué te voy a contar más...» Y el tema se corta y, al mismo tiempo, crece en el silencio, y todos, por lo menos yo, sentimos cortedad, vergüenza, desamparo, de no haber leído esa novela, o una novela así, y nos quedamos esperando algo más, algo que nunca llega...Y a mí se me olvida siempre lo que quiero preguntarle.

Pero no he querido marcharme de «La Campurriana» sin hacerlo: «Luis, ¿qué novela es esa que tú leíste? ¿Cómo se llama? ¿Quién la ha escrito?». Por fin se lo he dicho, y hoy, que es mi último día, se lo he repetido varias veces. Pero él ya no se acordaba.

(De *Cuentos de verdad*, 1964)

---

[6] Para *Blasco Ibáñez*, véase la nota 1 de «El coche nuevo» de Francisco García Pavón. *Di Stéfano:* Futbolista argentino, uno de los mejores en la historia del Real Madrid, equipo en el que jugó en la década de los cincuenta y primeros años de los sesenta.

Los temores ocultos[1]
Luis Mateo Díez

CUANDO VOLVÍ SOBRE LOS PAPELES, descubrí la mancha de sangre.
Era un folio limpio, sin estrenar, y en su centro estaba la mancha brillante y tierna.
Pensé en una herida insensible: observé las manos, repasé la cara, busqué un motivo en la juntura de las uñas. Nada perceptible.
Dejé a un lado el folio e intenté concentrarme.
Mi imaginación volvía lentamente sobre el centro más incisivo de la trama: el comienzo de la noche, la huida de Robert, el recuerdo cercano de Rosaura después de la discusión en el apartamento. Era necesario someter al personaje a una serie de variaciones psicológicas que acrecentaran su excitación y le fueran llevando al terror. *Incisivo:* Punzante.
Me parecía importante intentar una descripción ambiental lo más exhaustiva, deformando los aspectos del barrio portuario de manera que el personaje expresara, en sus observaciones, ese estado emocional. Escribí muy despacio una primera frase: «*La noche cerró su vientre en la encrucijada*». *Portuario:* Relativo al puerto de mar.
La frase era un mero punto de apoyo para abrir la descripción.
Encendí un pitillo e inconscientemente volví a observar los dedos.

---

[1] En este cuento, un escritor se enfrenta al proceso de inventar los detalles de un suceso policíaco. Mientras explica los «temores ocultos» del protagonista, manifiesta los suyos como escritor. Así se mezclan dos planos: lo que él imagina que puede sucederle a su personaje y lo que le sucede a él mientras lo crea.

No me gustaba ese comienzo. Taché la frase con un rasgo nervioso.

Se cierne: Se cae.

«*La noche se apoderaba del barrio como un manto que se cierne cobijando los temores ocultos*».

Releí esta nueva frase. Dejé el bolígrafo sobre la mesa y me limpié los ojos.

Pensé en Robert, solo en él, como personaje ya creado y al margen de la nueva situación. Me hizo gracia encontrar el rostro de este viejo conocido.

Robert sonreía con cierto temor.

—Toda su historia confluye en este momento preciso de la huida y no me queda más remedio que llevar la situación a sus últimas consecuencias. Tienes que pasar miedo, amigo mío. Rosaura, a estas horas, estará tumbada en la cama leyendo sus revistas de modas y fumando un pitillo con esa terca sensualidad que conoces. Pero ella ya no interesa. Eres tú y esta noche desgraciada.

La última frase seguía gustándome.

«*El manto se cierne cobijando los temores ocultos*».

Entre los temores ocultos está la presencia sospechada del comisario Esteban, ese hombre imposible que no tiene misericordia. Fue una idea infeliz la de liarse con su mujer.

Ciertamente, Robert, tienes un perseguidor peligroso.

El cigarrillo se me apagó en el cenicero y, cuando lo volví a los labios mis ojos retornaron al folio.

Se desleía: Se diluía.
Satinado: Brillante.

Era una mancha pequeña: una gota que se desleía en el blanco satinado, pero que conservaba toda la humedad.

De nuevo repasé la cara intentando detectar un grano que tal vez hubiera reventado por sí solo.

No había nada. Mi cara estaba limpia.

Bajo el flexo, los papeles desordenados quedaban muy ajenos a la presencia rojiza que poco a poco se transformaba en una simple huella. Encendí la colilla y aspiré una bocanada escupiendo hacia un lado una brizna de tabaco.

Otra vez releí la frase y me pareció interesante.

Un cierto tono de descripción algo más abstracta, compiladora del ambiente, para bajar en seguida a los datos concretos.

Robert está en la esquina, no lejos del estuario, y observa las callejas vacías que ascienden por el promontorio hasta el alto de la ermita de los pescadores.

En su memoria las palabras de Rosaura se repiten como amargos aldabonazos. Casi resulta imposible pensar que ella iba a reaccionar así. En el fondo yo mismo no sé por qué tuve ese arrebato, ha sido una escena tramada inconscientemente.

Preveo que todas mis previsiones para consumar el hilo argumental se vuelven directamente contra Robert.

No sé con exactitud lo que dará de sí esta noche que cobija los temores ocultos.

Por una parte, me fastidia que el comisario Esteban realice su venganza con cuatro disparos absurdos. Pero por otra, el papel de la Justicia redimiendo sus innatas necesidades, es importante de cara a la censura, ya que en cuatro episodios anteriores he cargado las tintas de forma peligrosa y hay que conceder una oportunidad al honroso cuerpo policial.

—Robert, espero que el asunto resulte lo menos doloroso para ti.

Apagaba la colilla en el cenicero y en ese momento mis ojos descubrieron la segunda mancha de sangre sobre la parte interior del folio.

Un leve sobresalto turbó la serenidad de mis disquisiciones.

Era una gota grande, esmaltada con ese brillo espeso de la sangre reciente.

Sobre el escritorio los ojos buscaron algún motivo razonable.

Después fijé la vista en el espacio del techo que aparecía tan blanco y limpio como siempre.

No sin cierta prevención tomé el folio en las manos y analicé la nueva señal.

Compiladora: Recopiladora.

Estuario: Terreno inmediato a la orilla de una ría por donde se extienden las aguas de las mareas.

Aldabonazos: Golpazos.

La gota descorrió su espesor hacia un lado y formó una mancha más extensa, empezando a sumirse en seguida. La posibilidad de volver sobre la trama, de construir la frase siguiente, profundizando en la descripción, se me hizo difícil.

No soy un escritor que necesite acorazarme en los abismos de mi persona para realizar el trabajo, pero la mancha de sangre era cierta por segunda vez y tampoco podía sustraerse a la preocupación y a la curiosidad.

Sustraerse: Desentenderse.

Deposité el folio en el extremo de la mesa, encendí un pitillo y me dispuse a vigilar para descubrir la razón de aquel suceso.

Transcurrieron cuatro o cinco minutos sin ninguna novedad. Las huellas rojizas estaban secas y eran como dos marcas digitales sobre el papel.

Cogí el bolígrafo y pensé en las brumas compactas que cercaban el estuario y levantaban un hálito blanquecino sobre las casas cercanas al puerto.

Hálito: Vapor.

Robert se apoya en la esquina, no lejos de una farola, y la noche tiene esa calma absoluta donde siempre conviene anotar los presagios del silencio. Esos presagios de los que uno echa mano con tanta frecuencia en las intrincadas historias policiales y misteriosas, eran auténticos en aquellos momentos, entre la ductilidad del humo del tabaco, la presencia de las huellas y el solitario viaje del bolígrafo por la espesura de la noche.

Intrincadas: Complicadas.

Ductilidad: Forma cambiante.

«*Volcaba su vientre derramándose con el negro profundo de sus poderes*», escribí.

Y en seguida pensé que las huellas de sangre eran una circunstancia fortuita ajena al interés inmediato de mi trabajo.

Fortuita: Casual, inesperada.

Robert no domina la situación y tiene miedo, porque está en mi poder, se encuentra totalmente desasistido. Pero yo soy consciente de mis poderes, enumero las posibilidades de acuerdo a mi imaginación y elijo lo que creo más conveniente.

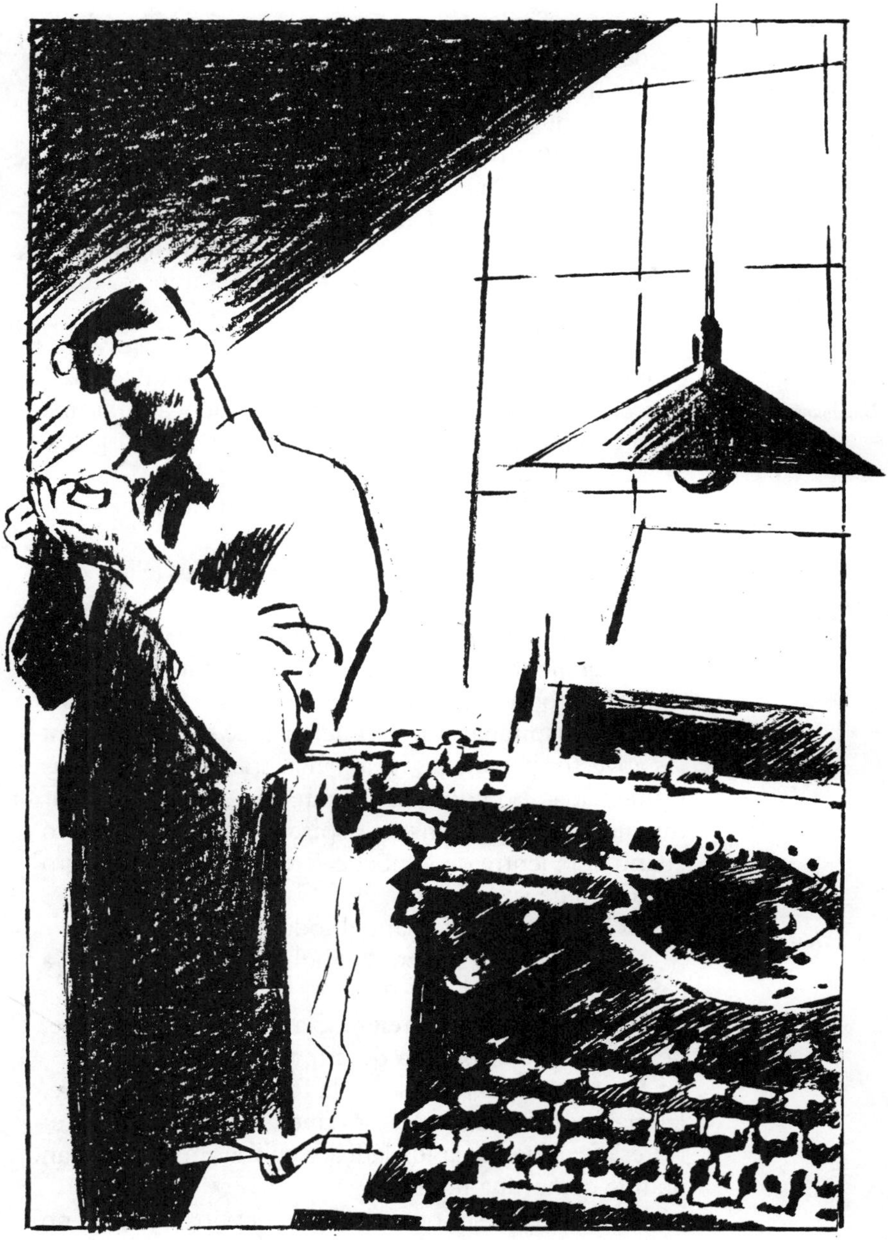

Sonreí al pensar que ese estúpido suceso pudiera preocuparme.

Me introduje en la noche y di un paseo por el nebuloso contorno del estuario silbando una alegre melodía de Johnattham Wilson.

Puedo hacerle una visita a Rosaura, quedarme esta noche en su apartamento y parodiar algunos juegos eróticos mientras que tú, querido Robert, te mueres de miedo con la obsesión de los perseguidores, incapaz de encontrar una salida.

Evanescente: Tenue. Pero ahora prefiero sumirme en esta niebla evanescente del estuario, contabilizar las lucecillas de los pesqueros en lontananza, encender un pitillo y apurar una copa de ginebra en el primer tugurio.

Lontananza: Lejanía.

Recuerdo a Johnattham Wilson.

Su rostro me llega a la memoria entre la música oxidada de una trompeta y un contrabajo.

Contrabajo: Instrumento musical.

Amigo mío, cuánto tiempo desde aquellos felices días de jazz y rosas.

Escribir una historia era un esfuerzo mayor que animar a la clientela alcoholizada del Cafetín Venezia. Y, sin embargo, no había mucha diferencia entre hundirse en las inspiradas improvisaciones de tu música o en los abyectos personajes de aquellas tramas hiperbólicas y alucinadas. Son dos oficios parecidos. Vuelvo a mirar tus ojos de buey manso y aspiro el humo del tabaco cuando el vientre de la noche se derrama con el negro profundo de sus poderes.

Abyecto: Despreciable.

Hiperbólicas: Exageradas.

La frase no queda mal del todo.

Mordí la punta trasera del bolígrafo y me dispuse a continuar.

Debo hacer ya una referencia directa al personaje, después volveré sobre la descripción ambiental.

En ese momento observé la tercera gota de sangre. La mancha era más aparatosa que ninguna de las anteriores: se abría hacia los lados y cubría un espacio tan grande como una moneda.

Mi sobresalto se contagió de un nerviosismo que no

pude superar. Tiré el bolígrafo encima de la mesa, arrastré la silla hacia atrás y me levanté profundamente crispado.

La gota volvía a sumirse dejando los residuos sanguinolentos de la huella.

Miré hacia todas partes agobiado por palpitaciones violentas.

Recorrí mi cuarto, encendí todas las luces.

El silencio exaltaba las contracciones de mi respiración.

Fui hacia la puerta y, al intentar abrirla, comprobé que estaba cerrada por fuera.

Volví sobre el escritorio y mis ojos penetraron la desmantelada montaña de folios escritos donde Robert circulaba a través de capítulos llenos de tensión y oscuridades.

Y fue entonces cuando me di cuenta de que yo podía ser el personaje de una historia que alguien estaba escribiendo.

(De *Memorial de hierbas*, 1973)

Un ruido extraño
Juan Eduardo Zúñiga

BAJABA AQUELLA TARDE por la calle de Benito Gutiérrez camino de la Brigada y con el cuidado de no tropezar en los adoquines sueltos apenas si levantaba los ojos del suelo[1]. Por encima de mí, en el cielo, los resplandores del atardecer madrileño, tan asombroso a veces por sus colores grana y cobalto, contrastaban con la penumbra que empezaba a cubrir las fachadas destrozadas de los edificios.

Grana: Rojo.
Cobalto: Blanco rojizo.

Atravesaba entre montones de tierra, balcones desprendidos, marcos de ventana, crujientes cristales rotos, ladrillos, tejas y en el absoluto silencio del barrio, las botas producían un roce rítmico que yo me entretenía en ir siguiendo.

Calle abajo iba acomodando mi caminar al ritmo de los pasos y mentalmente repetía su compás. Pero al resbalar un pie en un cartucho vacío y pararme y quebrarse aquella música de tambor, me di cuenta de que continuaba en un rumor imperceptible que no era el hecho por mí. Creí que el eco —siempre acechándonos desde las casas desiertas— repetía mis pasos. En seguida comprendí que esta vez no era el eco y que venía de la derecha. Miré hacia aquel lado: encontré un palacete rodeado por un jardín que a pesar del invier-

---

[1] La trama de este cuento, lleno de tensión y suspense, está justificada por el contexto que rodea Madrid, y el país en general, en el «atardecer» de la Guerra Civil española (1936-1939). En él un soldado camina hacia su *Brigada* (unidad militar que integra varios batallones y compañías) por el barrio de Argüelles de Madrid y, al oír «un ruido extraño», interrumpe su camino para localizar qué lo provoca. Es el miedo, la sensación de inseguridad generada por la barbarie de esa guerra, lo que ayuda a entender la situación que recrea el autor con esta escena.

no conservaba arbustos verdes y grandes enredaderas. Los balcones estaban abiertos y las persianas rotas; una esquina del tejado se había hundido, en la fachada faltaban trozos de cornisa, pero, aun así tenía un aspecto elegante y lujoso.

Del jardín me llegaba un ruido chirriante y acompasado, ruido metálico como el de las veletas cuando las hace girar el viento. Pero no hacía viento ni había veletas; encima del tejado, las nubes solamente que tomaban colores difícil de describir. No debía extrañarme y me extrañé. Algunas veces subían hasta allí los de la Brigada a buscar una silla o a husmear por las casas vacías, pero aquella tarde presentí algo diferente.

Cancela: Puerta de acceso a un jardín.

Despacio, sin hacer ruido, me acerqué a la cancela entreabierta y miré dentro del jardín. Estaba cubierto de hierbas, había dos árboles caídos, uno de ellos apoyado sobre la escalinata de piedra blanca que subía hasta una gran puerta, abierta y oscura. Aquello, como era de esperar, estaba vacío y abandonado; recorrí con la mirada todo el jardín, precisé de dónde venía el ruido, y entre las ramas bajas de los arbustos vi dos manos —dos manchas claras en la media luz— que subían y bajaban. Avancé la cabeza, entorné los ojos; sí, ante el brocal de un pozo una persona tiraba de la cuerda y hacía girar la roldana que chirriaba acompasadamente.

Brocal: Borde, boca del pozo.
Roldana: Rueda de una polea.

—¿Qué hará ese ahí? —me dije, y traspasé la cancela, pero debí hacer ruido con las malditas botas y en un instante las manos desaparecieron y oí cómo chocaba un cacharro de metal en el pozo.

Si hubiera sido un soldado no hubiera huido. Tuve curiosidad y, bordeando la casa, fui hacia allí.

Colgando de la rueda las cuerdas oscilaban aún. Las puntas de los matorrales que crecían alrededor se mecían en el aire y señalaban el sitio por donde había escapado aquella persona: una puerta baja, también abierta, que debía de ser del sótano; la única entrada en aquel lado de la casa.

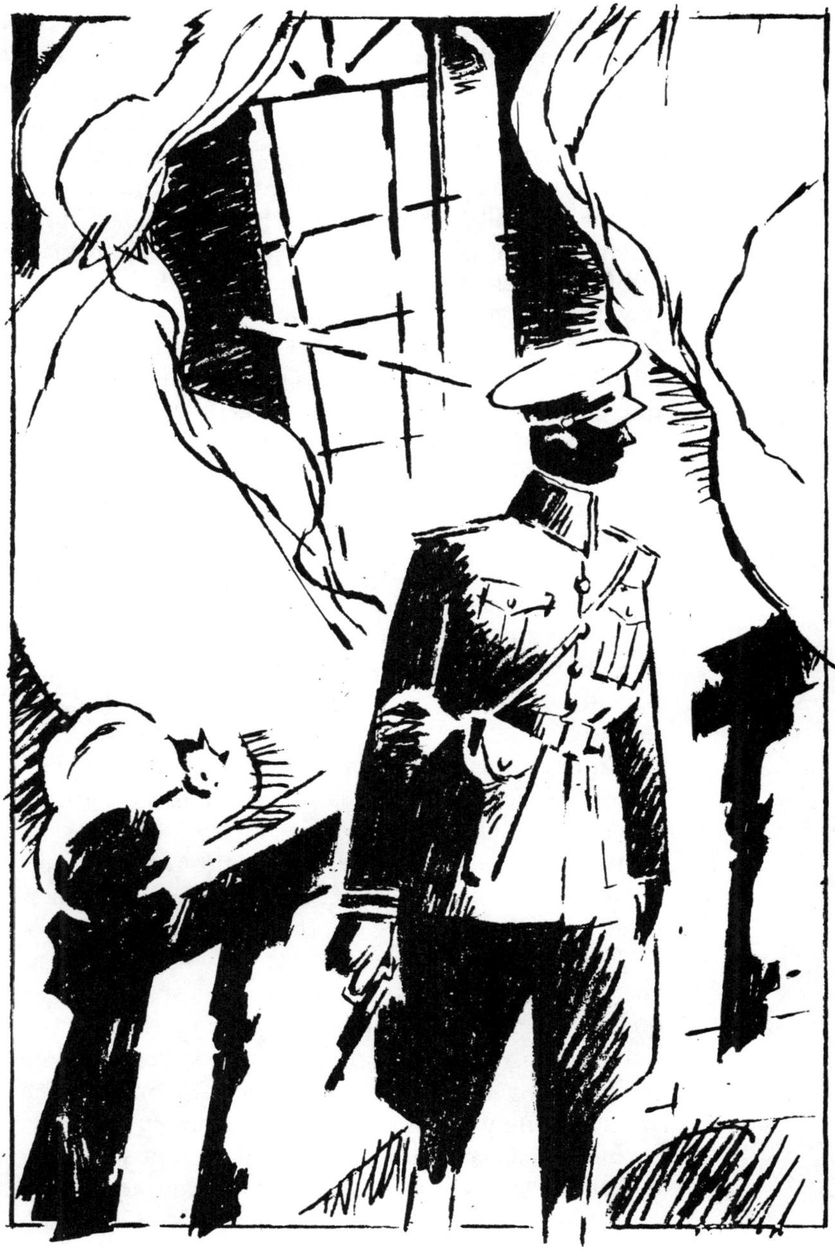

Aquello era sospechoso y sin pensarlo bien —lo que en realidad debía haber hecho— me metí por ella, bajé unos escalones y en la penumbra distinguí otra puerta. Crucé aquella habitación o lo que fuera y me encontré en un pasillo aún más oscuro. A su final oí un golpe, como de dos maderas que chocasen.

Fui hacia allá con la mano en la funda de la pistola, intentando descubrir algo, ver en la semioscuridad. Subí otros dos escalones; empujé la puerta entreabierta y choqué, yo también, contra un mueble, acaso una mesa. No me detuve porque en el marco de una puerta abierta y más iluminada había percibido una sombra que desaparecía.

Entonces fue cuando grité por primera vez. No pensé lo que hacía, acaso por la costumbre de gritar órdenes, pero al ver la figura que se esfumaba grité:

—¡Para! ¡Quieto!

Fue un grito tan destemplado que me retumbó dentro de la cabeza y me hizo daño en los oídos: resonó en toda la casa y oí como se perdía en aquel edificio abandonado y cómo lo repetían las paredes en lejanas habitaciones. Me estremecí y deseé estar en la calle cuanto antes.

Entré en una pieza amplia, iluminada por dos balcones que dejaban entrar la luz del atardecer. Allí no había nadie; solamente muebles grandes y antiguos, algunas butacas caídas por el suelo que, como la calle, como todo el barrio, como todo el país, estaba cubierto de basuras y escombros.

Lejos, en otra habitación, oí de nuevo un ruido: esta vez más intenso, más continuado; pensé en alguien que cayese por una escalera: un ruido que había oído siendo niño y que fue seguido por los lamentos de mi tía Engracia, que se rompió una pierna. Pero ahora no se oyó voz alguna y todo volvió a quedar en silencio.

A grandes pasos, sin preocuparme de que mis botas retumbasen, corrí hacia allí; atravesé otra pieza, hallé —como presentía— una escalera espaciosa, subí por ella de dos en dos y al encontrarme en el piso superior noté más luz —mis ojos ya se acostumbraban— y fui atravesando habitaciones que me parecían iguales, con los balcones abiertos y las puertas igualmente abiertas, cuadros antiguos que ocupaban las paredes, mesas cubiertas de polvo, vitrinas vacías, sofás y sillas derribadas por el suelo.

Delante de mí una persona escapaba. Estaba seguro de que no se había ocultado en ningún escondrijo, sino que iba corriendo de habitación en habitación, sorteando los muebles, atravesando las puertas entornadas por las que pasaba yo también anhelante, escudriñando los rincones y las grandes zonas de oscuridad y las altas cornucopias sobre las consolas y los amenazadores cortinones que aún colgaban en algunos sitios. Crucé por tantas habitaciones que pensé si estaría dando vueltas y no iba a encontrar la salida cuando quisiera bajar a la calle. Ninguna puerta estaba cerrada y todas cedían a mi paso como si quisieran conducirme a algún sitio.

No me atreví a gritar. El grito que di antes había sido repetido tan extrañamente por todos los rincones de la casa que no me atreví a dar otro. Además, era absurdo llamar a alguien que no sabía quién era y si podía escucharme.

Tras una puerta encontré otra escalera: distinta de la anterior, no tan ancha y sin la baranda de madera torneada. Terminaba en una oscuridad completa y de aquel pozo sombrío me llegó un olor extraño, desagradable, que quise recordar de otras veces.

Fue entonces cuando vi el primer gato: desvié la mirada y le vi en el borde del primer escalón, con el lomo arqueado y la cola erizada. Miraba hacia abajo y cuando me oyó pasó junto a mí como un relámpago y entró por donde yo salía. Era un gato de color claro, grande, casi demasiado grande, o al menos eso me pareció. Luego vi otros muchos gatos, había allí docenas de ellos, pero ninguno me desagradó como

Escudriñando: Investigando.

Cornucopia: Espejo pequeño de marco tallado y decorado, que suele tener uno o más brazos a manera de candelabros.

Consola: Aparador (mueble).

aquél, aquella forma viva, inesperada que encontraba delante.

Pero a quien yo perseguía no era un gato. Era una persona que sacaba agua de un pozo y no quería encontrarse conmigo. Un animal nunca me hubiera dado la sensación penosa de perseguir a un ser humano. Tuve que lanzarme escaleras abajo, a las habitaciones más oscuras del piso primero donde había más objetos, o qué sé yo qué demonios, contra los que tropezaba, y el suelo parecía estar levantado y lleno de inmundicia.

Inmundicia: Suciedad.

Entré bruscamente en una sala y percibí un movimiento a la derecha; alguien se movía casi frente a mí. Me encontré con un hombre que sacaba de su funda la pistola: era yo mismo reflejado en un espejo, en un enorme espejo que llegaba hasta el techo. Y confusamente me vi en él, con la cara contraída, la bufanda alrededor del cuello, la gorra encasquetada. Era yo con cara de espanto —perseguidor o perseguido— haciendo algo extraño: cazando a alguien en una casa vacía, medio a oscuras, empuñando un arma, contra mí mismo, dispuesto a disparar al menor movimiento que viese.

En vez de tranquilizarme, verme en el espejo me inquietó aún más, me reveló como un ser raro, como un loco o un asesino. Pero ya no podía detenerme ni abandonar aquella aventura, aquella carrera en que chocaba con obstáculos y sombras, huyendo del miedo. Seguí adelante y tuve que dar patadas a las puertas y a las sillas y hacer ruido y estrépito y entonces empezaron los gatos a cruzar ante mí, silenciosos, rápidos, pegados al suelo, pero en cantidades asombrosas; había tres o cuatro en cada habitación. A mi paso escapaban como en un sueño maldito y algunos se detenían, levantaban la cabeza un segundo para desafiarme y luego huir.

Entonces empecé a blasfemar, y a dar gritos, a soltar las palabrotas inimaginables, vociferantes como un energúmeno, y a dar puntapiés a diestro y siniestro. Avancé más y ante la escalera sombría no dudé y bajé por ella hacia lo que debía ser el sótano. Tuve que sacar el mechero y encender y levantarlo por encima de mi cabeza. Otra vez noté el olor repulsivo que me entraba por la boca y la nariz, un olor inexplicable. Así, atravesé cocinas cuyos baldosines reflejaban la ligera llamita azulada que a mi alrededor daba una tenue claridad.

Allí encontré la primera puerta cerrada, una puerta corriente de madera pintada, sin pestillo, que me sorprendió, a la que di especial importancia y ante la que quedé parado.

Apoyé en ella un brazo; no se abrió, pero sí me pareció que cedía un poco, igual que si una persona la sujetase con todas sus fuerzas. Esta idea me hizo estremecer y sentí aún más la tensión nerviosa que se contraía en el centro del estómago y a lo largo de las piernas.

Levanté el pie derecho y le di una patada. Retumbó en la pequeña habitación, pero no se abrió violentamente, como debía haber ocurrido, sino que cedió unos centímetros y a través del espacio abierto vi la impenetrable oscuridad.

Allí se ocultaba alguien. Casi podía decir que oía su respiración anhelante, acechando el momento de lanzarse contra mi. Percibí la amenaza tan segura y próxima que instintivamente el dedo índice de la mano derecha se dobló sobre el gatillo de la pistola y la detonación, el fogonazo, la presión del aire en los oídos, la sacudida de todo el cuerpo, el corazón detenido un segundo, me obligaron a parpadear y dar un paso atrás.

Oí en la puerta un roce; se abrió un poco más y cuando esperaba ver la figura humana que había estado persiguiendo tanto tiempo vi salir una rata de gran tamaño que desapareció en seguida. Un instante después aparecieron otras, gigantescas, atropellándose, y detrás de mí sentí los desagradables arañazos que hacían al correr; otras cruzaron en distintas direcciones. Miraba a un sitio y a otro y veía un enjambre de animales pequeños y sucios que yo conocía bien de las noches en las trincheras, con sus chillidos alucinantes. En aquel sótano inmundo debía de haber centenares y el disparo las había espantado.

En el silencio que le siguió percibí detrás de la puerta unos ruidos incomprensibles; durante varios minutos los escuché atentamente, sin entender qué eran. Antes de que aquella situación se transformase en una pesadilla avancé y empujé otra vez la puerta.

Al abrirse completamente, a la luz mortecina del encendedor, vi una escena que no había podido prever, pero que no se diferenciaba de la alocada persecución a través de la casa desierta: tenía delante una mujer vestida de verde, luchando con las ratas que le trepaban por la ropa; daba manotazos, patadas, se sacudía de encima las fieras pequeñas y tenaces que la mordían; como si bailase o tuviera un ataque de locura, se revolvía en las sombras y en el hedor nauseabundo de aquel subterráneo.

Había ido huyendo hasta el fondo del sótano, en donde había encontrado otros enemigos peores que yo. Una figurita pequeña vacilante, con un abrigo verde, que se contorsionaba.

La tenía encañonada, bajo la luz del encendedor y bajo mis ojos. Pero no era una mujer: era un viejo, tenía barba crecida, y un momento en que quedó quieto ante mí y me miró, parpadeando, comprendí que era un hombre joven sin afeitar, con bigote lacio, la piel blanca como la cal y horriblemente delgado.

Vi sus facciones finas, sus orejas casi ocultas por el pelo largo, sus ojos hundidos en terribles ojeras, cegados por el ligero resplandor que yo había llevado a aquel sótano.

Noté que las ratas se me subían por las botas y trepaban por el pantalón, y pensé que tardaría poco en encontrarme como él, sin poder ahuyentarlas.

Lacio: Liso, caído.

—¡Fuera, sal de aquí! —grité lo más fuerte que pude, y con el cañón de la pistola le mostré la puerta. Vaciló, pero al fin, encogiéndose, pasó junto a mí sacudiendo sin parar los faldones del abrigo y fue hacia la escalera. Le seguí, pero tuve que guardarme el arma para arrancar de una pierna uno de los animalejos que me había clavado sus dientes en la carne; al cogerle me mordió furiosamente la mano y lo estampé contra la pared. Ya arriba, aún di varios tirones de otro cuerpecillo blando y áspero que se aferraba a la pantorrilla.

Se apagó el encendedor y lo dejé caer. Me orienté por una leve claridad que llegaba de un balcón, y llevando delante a aquel tipo, que andaba torpemente, pero que iba de prisa, conseguí salir al jardín por la puerta central.

Había oscurecido mucho y cuando él se volvió hacia mí su aspecto me pareció aún más sorprendente. Llevaba un abrigo de mujer sujeto con una cinta, el cuello subido, roto en los brazos. Era como un fantasma o un muerto que yo hubiera sacado de la tumba. Me miraba callado y trémulo.

Trémulo: Tembloroso.

—Vaya carrera, ¿eh? —le dije, midiéndole de arriba abajo, sin levantar la voz.

Oí la suya por primera vez, que tartamudeaba un poco:

—¿Me va a matar?

—No, hombre, ¡qué tontería! —busqué algo que decirle; veía difícilmente su cara entre la oscuridad y la barba crecida, pero me pareció muy asustado—. Hay muchas ratas ahí dentro —se me ocurrió decir.

—Sí, está toda la casa llena.

—Pero los gatos, ¿no las cazan?

Dijo que no con la cabeza.

—Y tú, ¿qué? ¿Eres un emboscado?

Emboscado: Alguien que se oculta.

No contestó; tenía los ojos fijos en mí y la mandíbula bajó un poco. Luego dirigió su mirada al suelo y ladeó la cabeza como si bruscamente algo le hubiera distraído. Levantó las dos manos y se las miró. Me di cuenta de que estaban oscuras, pero en seguida comprendí que eran manchas de sangre. Yo también levanté mi derecha, que goteaba, y sentí el escozor de los desgarrones. Nos mirábamos las manos, pero mi pensamiento fue muy lejos, corrió por todo el país, que goteaba sangre, pasó por campos y caminos, por huertas, olivares y secanos y me pareció que en todos sitios encontraba manos iguales a aquéllas, desgarradas y sangrientas en el atardecer de la guerra.

(De *Largo noviembre de Madrid*, 1980)

Los brazos de la i griega
Antonio Pereira

NO QUISIERA VOLVER AL VALLE alto del corazón de Nepal[1], ahora que sus hoteles se parecen a los grandes hoteles del mundo.

Hace años, aquello era otro mundo. El celo de los países cerrados en sí mismos gobernaba el barracón que era entonces el aeropuerto de Katmandú[2]. Ya el trabajoso visado nos había servido de advertencia, con su letra apretada y el sello enérgico, como grabado a fuego sobre una página entera del pasaporte. ¿Pero no era eso lo que habíamos venido a buscar, la emoción de lo diferente? Los árboles del valle desplegaban formas y matices extraños, las flores reunían olores que eran al mismo tiempo funerarios y alegres. Una estatua de elefante plantada en la plaza, de pronto nos sacó del engaño y se puso a marchar con toda su majestad perezosa. Los mendigos no eran mendigos aunque no les hiciesen ascos a las monedas, bardos de una casta musical que se sucede en la melodía de los violines elementales. Y no había perros callejeros que nos siguieran sino monos callejeros que nos asustaban de broma para reírse. También nos miraban los nepaleses, nos sonreían, creo que se burlaban con mesura de nuestra fealdad extranjera.

—Todo esto cambiará pronto —prometió el señor Randa Gauti Shama, sin saber que en el fondo nos desconsolaba.

Celo: Interés obsesivo.

Bardos: Trovadores, poetas.
Casta: Clase, estirpe, raza.

---

[1] País asiático situado en el Himalaya, entre China y la India.
[2] Capital de Nepal.

> Su sonrisa de intérprete era infatigable. La verdad es que la gente era hospitalaria. Nos dejaron entrar a la casa donde habita la diosa viviente, una niña elegida y gordita que se acercó a la ventana de celosías miniadas y nos miró y se dejó mirar, hasta emprender una huida de pájaro al solo intento de una cámara fotográfica. Y en cualquier calle de maderas y de panes de oro nos salían al encuentro las procesiones.
> A los fieles no les bastaban sus altares, los oficios tempranos con las ofrendas de magnolias o hibiscos y los bastones de incienso. Había que mover y trasladar las imágenes y los estandartes que las preceden. Marchar de un templo a otro con la divinidad a hombros, cuando no en carros enormes, por en medio de las calles estrechas.
> Yo podría muy bien haberme ahorrado el asombro. Porque al fin y al cabo, en otro valle que yo me sé[3], el año empieza con el Santo Tirso llevado en andas y sigue con las Candelas y los dieciséis desfiles de la Semana Santa, y el día que no sale la Divina Pastora es porque hay alfombras y ramos para la carroza del Corazón de Jesús... Hasta la procesión de Santa Lucía, por diciembre[4].
> Todavía estábamos en la capital del reino de Nepal, antes de que en el santuario de la montaña pudiéramos escuchar que Todo es Uno como Uno es Todo e idéntico...
> Ahora pienso si debo seguir adelante con una historia que me prohibí a mí mismo, temeroso de la incredulidad irónica de los otros. Pero quizá haya llegado el tiempo en que hay que contar lo que no queramos que se disuelva del todo con nuestros propios huesos... En

Celosías: Rejas de madera decoradas.
Miniadas: Pintadas con óxido de plomo de color rojizo.

Hibisco: Rosa de china. Planta malvácea originaria de China, de flores muy grandes y vistosas, cultivada como ornamental.

Andas: Tablero sostenido por dos barras horizontales y paralelas para llevar personas o cosas, sobre todo imágenes en las procesiones.

---

[3] Se refiere a un pueblo de la provincia de León. En este cuento el autor (cuyo pueblo de origen es Villafranca del Bierzo, en León) rememora costumbres y tradiciones de esa zona de estos valles del oeste de El Bierzo.
[4] Fiestas tradicionales del calendario religioso en España. El autor las enumera como una secuencia temporal (de enero en adelante), porque cada una está relacionada con una estación del año.

Daksin Kalí el lugar está consagrado a la diosa que significa la victoria del bien sobre los demonios. Los sábados se arraciman allí los fieles para sus letanías, para sus ofrendas apremiantes después del sacrificio de los animales indefensos. La carretera arranca del altiplano que es Katmandú y va trepando suavemente, después arrecia contra el fondo no demasiado lejano de los Anapurnas, codiciados por todos los escaladores el mundo.

—Este pueblo es Chobar —detallaba Randa.

Mis ojos iban atentos, descansados y lúcidos, mirando por la ventanilla sin cristales de un ómnibus viejo.

Ómnibus: Autobús.

—Ahora pasamos por Kirtipur.

De tiempo en tiempo, Randa Gauti Shama nos hablaba de su vida. Su primer nombre le había sido dado por el brahmán, por mandato de los horóscopos. El segundo, sí, había sido el capricho venturoso de los padres. Shama era el verdadero apellido, el símbolo del clan que se transmitía de padres a hijos.

Brahmán: Individuo de la primera de las castas indias a la que pertenecen los sacerdotes.

—Ahora al subir la cuesta veremos Sheshnarayan.

Debí de tener un sobresalto perceptible, porque Randa me miró con sorpresa. Se sorprendió más cuando le dije que íbamos a entrar en una curva peligrosa. Yo no podía evitarlo. Era una sarta de premoniciones interiores, que apenas sin tiempo para dudar se convertían en evidencias. No pude dejar de anunciar en una voz no muy alta, pero segura, que luego aparecería un molino aprovechando la fuerza del torrente que cae desde las escarpaduras; que más allá encontraríamos un grupo de pallozas, con sus techos de paja entrelazada.

Palloza: Tipo de vivienda primitiva con techo de paja.

Randa se sonrió brevemente, por un momento temí que lo comentara con los otros de la excursión.

Pero en seguida volvió a la seriedad, y luego, de pronto, le vi una reverencia emocionada hacia mi persona cuando profeticé la cercanía de una tienda mixta, con calderos de chapa negra y zuecos humildes y sacos de pimentón y refrescos.

Fui yo mismo el que le quité importancia al asunto: una carretera que va del valle a la montaña debe parecerse a cualquier otra que vaya a la montaña desde el valle... Cuando el coche atacó el último repecho, a mí no me quedaba de todo aquello más que el sabor de una broma, la impresión de un juego que pareció borrarse definitivamente cuando nos sumergimos en el turbión de colores y sonidos que era el santuario.

Turbión: Chaparrón.

Los creyentes acudían a manadas, bajaban de aldeas que no conocían la luz eléctrica. Por entre el eterno comercio, que aquí cambiaba por rupias la mantequilla fresca enrollada en hojas de berza o la menuda semilla del repollo o los aperos de la agricultura, pasaba y repasaba todo un rosario de parroquianos con cirios y flores hacia el camarín de la deidad impávida. Había que arrimarse hasta la dispensadora para que ella «viera» con sus ojos de piedra preciosa y tomara nota de quién es quién, y de la generosidad o la tacañería. Al fin y al cabo, debía de estar en juego la forma bajo la cual volveríamos todos en una reencarnación diferente, más alta o más baja según nuestros actos. Se oía recitar los libros sagrados, las cosas de sobre la tierra son irreales y engañosas. Todas las cosas salvo el Brahma[5], el alma universal, que comprende cuanto está creado e incluso por crear. Porque Dios es Todo, y Todo es Dios. Nos abríamos paso entre el olor confundido de la santidad y de los cuerpos sudados...

Rupias: Monedas
Berza: Col.
Aperos: Instrumentos.
Camarín: Cámara.
Impávida: Impasible.

No sé cuánto tiempo pasó, pero debí de quedarme inmóvil, en el atrio del templo, perdido de mis compañeros, embobado en la melodía obstinada de un tocador de *sarangi* que a su vez estaba embobando a una serpiente apacible. Me empujaron con suavidad. Yo dije instintivamente «*Sorry*, perdone». Me aparté y miré el rostro del hombre, sin saber si quería pasar o pedía limosna o me bendecía. Se parecía al señor Adol-

Atrio: Pórtico de columnas a la entrada de un templo.
Sarangi: Especie de violín que se usa para acompañar danzas típicas de la India.

---

[5] Es uno de los principales dioses hindúes: el primer ser creado y creador de todas las cosas.

fo el de Ambasmestas[6]. Hay quien tiene la manía de los parecidos. Dicen que es propio de los que padecemos astigmatismo. El señor Adolfo el de Ambasmestas era un campesino que bajaba al mercado de Villafranca[7], hasta que se murió de aquella muerte tan tonta. Tenía una tartana preciosa, y mi corazón guardaba para él uno de esos amores radicales con que un niño distingue a uno o dos adultos, no más, durante toda su vida de niño. El señor Adolfo el de Ambasmestas era un paisano honrado, y a mí me llevó a alguna fiesta; los días de mercado me dejaba subir a su tartana hasta las cercanías de Pereje[8], allí me regalaba una manzana y yo venía mordiéndola a trozos pequeños para que me durara los dos kilómetros jubilosos del regreso. Se comprende que fuera mi primer dolor de hombre, porque la del señor Adolfo el de Ambasmestas fue la primera de todas mis muertes. En Villafranca, delante de nuestra casa, lo tiró un coche contra un charco en el suelo y él sangraba despacio, nada más una brecha entre la muñeca y el codo que mi madre le lavó con agua oxigenada y todo el cuidado. Ya limpia de tierra, de barro, la herida era una Y mayúscula, con los brazos abriéndose como dos regueros dibujados hacia la sangría...
En Nepal también reside en la cabeza de las mujeres la fuerza para los pesos; vi a una mujer llevando su *feixe*[9] de leña, solo que no iba vestida de paño negro y sí con una tela viva de colores. Tampoco el hombre aquel que me tocó con la mano iba trajeado de pana oscura; llevaba una chaqueta de lana espesa y a cuadros, con botones que acaso fueran piezas de monedas gastadas; llevaba un gorro o bonete de punto, una faja de seda rodeándole la cintura y allí un puñalito curvado que más parecía de adorno. Me fue imposible apartarme de

Astigmatismo: Defecto del ojo que origina deformación o imprecisión en la visión de las imágenes.

Tartana: Carruaje de dos ruedas, con cubierta abovedada y asientos laterales.

---

[6] Ambasmestas es una localidad del municipio de Vega de Valcarce, en la comarca de El Bierzo (León). Significa «zona en la que se unen dos ríos».
[7] Se refiere a Villafranca del Bierzo, en la comarca de El Bierzo (León).
[8] Pequeña localidad del municipio de Trabadello, cercana a Villafranca del Bierzo (León).
[9] «Feje»: Gavilla, montón, haz. (En gallego en el original).

su cara, donde parecían dibujarse los rasgos de una edad inmóvil. Yo no había pensado nunca en los ojos del señor Adolfo el de Ambasmestas, quiero decir, en su forma o en su color. Los ojos no son ellos mismos, son la mirada. Estos de ahora me miraron derechamente, con toda la lentitud de Asia, y en aquella eternidad estuve seguro de que querían decirme algo. Sus labios, en cambio, no se movieron. Cuando fuimos impelidos y separados por la multitud, que trenzaba alrededor del templo la forma del círculo, sentí que todo empezaba a ser diferente. Evoco un malestar que algo tenía de dulce, el vuelo de los sentidos contraponiéndose a la pesadez creciente de los pies. Acaso solo estoy describiendo el enrarecimiento del oxígeno en el aire, lo que nos habían prevenido del mal de altura... No sé si he dicho ya que el señor Adolfo el de Ambasmestas me convidó un año al santo milagro de El Cebreiro[10], la fiesta grande de la cordillera. En El Cebreiro hacía sol. En cambio, era un día de mucha lluvia cuando estalló el coro de las lamentaciones porque cómo podía morirse por una pequeñez así un hombre como un castillo; si pensáramos en el tétanos habría que estar poniéndose inyecciones toda la vida; tú viste la herida desinfectada, me decía mi madre todavía incrédula, y es verdad que yo la había visto con todo detalle y la seguía viendo y la vería toda la vida. El señor Adolfo el de Ambasmestas peleó durante días y noches en una habitación cerrada, enclavijado sin poder masticar ni moverse. Todo lo que sea recordar o hablar de enfermedades me acelera el pulso, estábamos a muchos metros sobre el nivel del mar y el suelo que pisábamos en Daksin Kali era una tierra negra y grasienta, salvo donde estaba cubierta de algún estiércol, seguramente lleno de microbios. Pensé que podía morirme aquí mismo. Comprendí que el remedio era moverse, seguir a través de los gritos y los

Impelidos: Impulsados.

Tétanos: Enfermedad muy grave originada por un bacilo que penetra por las heridas.

---

[10] Pueblo de la provincia de Lugo, en el Camino de Santiago, donde hay un santuario.

pregones. Nosotros habíamos viajado a Nepal por curiosidad, pero yo sentía como una llamada antigua que no acababa de explicarme. Solo faltaban unos pasos para completar el círculo que debe recorrer en Daksin Kali un peregrino devoto. En el final del círculo estaba *él*, otra vez mirándome con sus ojos de cobre. Mirándome a mí, el único, entre toda la humanidad. Esta vez esbozó una sonrisa mostrando la masticación de la droga suave que le oscurecía los labios. Escupió con decoro el jugo del *betel*. Y habló:

—*Bhagemani hunuhoz, namaste, namaste.*

Betel: Planta oriental con sabor a menta.

Randa me tradujo estas palabras en la cantina del aeropuerto, cuando ya estábamos despidiéndonos: «Suerte, suerte, ¡Saludo al dios que hay dentro de ti!».

Cantina: Bar.

Pero no le dije al guía en dónde las había escuchado. Tampoco hasta hoy le había contado a nadie que el nepalés de las montañas se subió un poco la manga de su chaqueta de lana, lo justo para enseñarme una cicatriz como es imposible que haya dos en el mundo.

(Escrito en 1982, incluido en
Cuentos para lectores cómplices, 1989)

El niño lobo del Cine Mari
José María Merino

LA DOCTORA ESTABA en lo cierto: ningún proceso anormal se desarrollaba dentro del pequeño cerebro, ninguna perturbación patológica. Sin embargo, si hubiese podido leer el mensaje contenido en los impulsos que habían originado aquellas líneas sinuosas, se hubiera sorprendido al encontrar un universo tan exuberante: el niño era un pequeño corneta que tocaba a la carga en el desierto, mientras ondeaba el estandarte del regimiento y los jinetes de Toro Sentado[1] preparaban también sus corceles y sus armas, hasta que el páramo polvoriento se convertía en una selva de nutrida vegetación alrededor de una laguna de aguas oscuras, en la que el niño estaba a punto de ser atacado por un cocodrilo, y en ese momento resonaba entre el follaje y la larga escala de la voz de Tarzán[2], que acudía para salvarle saltando de liana en liana, seguido de la fiel Chita. O la selva se transmutaba sin transición en una playa extensa; entre la arena de la orilla reposaba una botella de largo cuello que había sido arrojada por las olas; el niño encontraba la botella, la destapaba, y de su interior salía una pequeña columnilla de humo que al punto iba creciendo y creciendo hasta llegar a los cielos y convertirse en un terrible gigante verdoso, de

Patológica: Enfermiza.

Corneta: Soldado que toca la corneta.

Corcel: Caballo ligero.

Liana: Enredadera, hiedra.

---

[1] Personaje histórico que dio origen a una figura mítica en películas del Oeste. Era un jefe siux, en Dakota, que combatió muchos años contra las tropas norteamericanas.
[2] *Tarzán* es un personaje imaginario creado en 1912 por el escritor estadounidense Edgar Rice Burroughs (1875-1950). Perdido de niño en la selva africana protagonizó, junto a su mona *Chita*, una serie de aventuras, popularizadas, a partir de 1932, por el nadador olímpico Johnny Weissmuller.

larga coleta en su cabeza afeitada y uñas en las manos y en los pies, curvas como zarpas. Pero antes de que la amenaza del gigante se concretase de un modo más claro, la playa era un navío, un buque sobre las olas del Pacífico, y el niño acompañaba a aquel otro muchacho, *Singladura:* Ruta. hijo del posadero, en la singladura que les llevaba hasta la isla donde se oculta el tesoro del viejo y feroz pirata.

Una vez más, la doctora observó perpleja las formas de aquellas ondas. Como de costumbre, no presentaban variaciones especiales. Las frecuencias seguían sin proclamar algún cuadro particularmente extraño.

Las ondas no ofrecían ninguna alteración insólita, pero el niño permanecía insensible al mundo que le rodeaba, como una estatua viva y embobada.

El niño apareció cuando derribaron el Cine Mari. Tendría unos nueve años e iba vestido con un traje marrón sin solapas, de pantalón corto y una camisa de piqué. *Piqué:* Tejido de qué. Calzaba zapatos marrones y calcetines blancos.
algodón con
dibujos en relieve. La máquina echó abajo la última pared del sótano, *Grotesca:* Ridícula, en la que se marcaban las huellas grotescas que habían extravagante. dejado los urinarios, los lavabos y los espejos, y por donde se asomaban, como extraños hocicos o bocas, los bordes seccionados de las tuberías y, tras la polvareda, apareció el niño, de pie en medio de aquel montón de cascotes y escombros, mirando fijamente a la máquina, que el conductor detuvo bruscamente, mientras le increpaba, gritando:

—¿Qué haces ahí, chaval? ¡Quítate ahora mismo!

El niño no respondía. Estaba pasmado, ausente. Hubo que apartarlo. Mientras las máquinas proseguían su tarea destructora, lo sacaron al callejón, frente a las carteleras ya vacías cuyos cristales sucios proclamaban una larga clausura, y le preguntaban.

Pero el niño no contestó: no les dijo cómo se lla-
Atisbo: Indicio. maba, ni dónde vivía. No les dio atisbo alguno de su

identidad. Al cabo, se lo llevaron a la comisaría. Aquel raro atildamiento de maniquí antiguo y el perenne mutismo desconcertaban a los guardias. Al día siguiente, las dos emisoras daban la curiosa noticia y en el periódico, por la mañana, salió una fotografía del niño, con su rictus serio y aquellos ojos fijos y ausentes.

Atildamiento: Vestidura, arreglo.
Perenne: Imperecedero, perdurable.
Rictus: Gesto.

La doctora puso en marcha el aparato y comenzó a oírse otra vez el cuento. En el niño hubo un breve respingo y sus ojos bizquearon levemente, como agudizando una supuesta atención cuyo origen tampoco podía ser comprobado. Tanto los sonidos reproducidos a través de algún instrumento como las imágenes proyectadas de modo artificial, le hacían reaccionar del mismo modo, y producían unas ondas como de emoción o súbito interés. La doctora suspiró y le palmeó las pequeñas manos, dobladas sobre el regazo.

—Pero di algo.

El niño, una vez más, permanecía silencioso y absorto.

Al parecer, su nombre era Pedro. Al poco tiempo de haberse publicado la foto en el periódico, una señora llorosa se presentaba en la redacción con la increíble nueva de que el niño era hijo suyo, un hijo desaparecido hacía treinta años. La señora era viuda de un fiscal notorio por su dureza. Le acompañaba una hija cuarentona. Extendió sobre la mesa del director una serie de fotos de primera comunión en que era evidente el parecido. Acabaron por entregarle el niño a la señora, al menos mientras el caso se aclaraba definitivamente.

El hecho de que un niño desaparecido treinta años antes —en un suceso misterioso que había conmovido a la ciudad y en el que se había aludido a causas de venganzas oscuras— apareciese de aquel modo, como si solo hubiesen transcurrido unas horas, era tan extraño, tan fuera del normal acontecer, que a partir del momento en que se atribuyó aquella identidad ni la prensa ni la radio volvieron a hacerse eco de la noticia, como si el voluntario silencio pudiese limitar de algún modo lo monstruoso del caso. El asunto era objeto de toda clase de hipótesis, comentarios y conclusiones en mercados y peluquerías, oficinas y tertulias y, por supuesto, en cada uno de los hogares. Hasta tal punto el tema parecía extraño, que los amigos de la familia dudaban si lo más adecuado sería darle a la madre la enhorabuena o el pésame.

Al reaparecido le llamaron «el niño lobo» desde que ingresó en la Residencia, aunque la doctora señalaba lo impropio de la denominación, ya que el niño no manifestaba ningún comportamiento por el que pudiese ser asimilado a aquel tipo de fenómenos, sino solo una especie de catatonía de rara estupefacción. Sin embargo, las extrañas circunstancias de su aparición, aquella presencia alucinada, sugerían realmente que el niño hubiese sido recuperado fortuitamente de algún remoto entorno, virgen de presencia humana.

Catatonía: Ausencia total de reacción frente a estímulos exteriores y rechazo total a hablar, alimentarse, moverse, etc.; es una manifestación propia de la esquizofrenia.

Estupefacción: Desconcierto, pasmo, asombro.

Puso música y el niño tuvo otro pequeño sobresalto. El niño la miraba como si quisiera decirle algo, pero ella sabía que era inútil animarle. Aquel supuesto propósito era solo una figuración suya. El desconocido pensamiento del niño estaba muy lejos. Era una verdadera pena.

—Hoy te voy a llevar al cine —dijo la doctora.

Primero, lo reconocieron en la Residencia. Luego, la familia le había trasladado a Madrid, buscando esa mayor ciencia que siempre en provincias se atribuye a la capital. Pero no hubo mejores resultados. Cuando volvió, el niño mantenía la misma presencia atónita y, aunque las hermanas hablaban de llevarlo a California, donde al parecer las cosas del cerebro estaban muy estudiadas, la madre se había acostumbrado ya a la presencia inerte de aquel gran muñeco de carne y hueso y pospondría la decisión de separarse de él.

Inerte: Inmóvil.

De vuelta a la ciudad, el niño seguía subiendo a la Residencia, donde la doctora lo miraba todas las semanas. La doctora era bastante joven y se estaba tomando el caso con mucho interés. Además de las connotaciones médicas y científicas del asunto, le fascinaba la imposibilidad de aquel pequeño ser mudo, cuyos ojos parecían mostrar, junto a un gran olvido, un desolado desconcierto.

Connotación: Idea sugerida por una asociación subjetiva a partir de un significado.

La evidente influencia que producía en el cerebro del niño cualquier imagen o sonido proyectado a través de medios artificiales, le había sugerido la idea de llevarlo al cine. La doctora era poco aficionada al cine, sobre todo por una falta de costumbre que provenía de su origen rural, de un internado severo de monjas y de una carrera realizada con bastantes esfuerzos y poco tiempo de ocio. Sus descansos vespertinos solía emplearlos en la lectura de temas vinculados a su profesión, y solo de modo ocasional —y más como ejercitando un obligado rito colectivo, donde lo menos significativo era el espectáculo en sí— asistía a la proyección de alguna película que la publicidad o los compañeros proclamaban como verdaderamente importante.

La idea le surgió al ver las largas colas llenas de niños que rodeaban al Cine Emperador. Al parecer, se trataba de una de esas películas de enorme éxito en todas partes, que se pregonan como muy apropiadas al público infantil, con batallas espaciales y mundos imaginarios.

La doctora se proponía observar cuidadosamente al niño a lo largo de toda la sesión, escrutando el pulso, la respiración y otras manifestaciones físicas del posible impacto que la visión de la película pudiese tener en aquel ánimo misteriosamente ajeno.

Escrutando: Observando.

Le observó durante los primeros minutos de proyección. El niño se había acurrucado en la butaca y miraba la pantalla con una avidez de apariencia inteligente. Mientras tanto, la historia comenzaba a desarrollarse. Una espectacular nave aérea perseguía a otra navecilla por un espacio infinito, fulgurante de estrellas, muy bien simulado. La nave perseguidora hace funcionar su artillería. La pequeña nave es alcanzada por los disparos de raro zumbido, y atrapada al fin por medio de poderosos mecanismos. El vencedor llega para conocer su presa. Es una estampa atroz: una figura alta, oscura, con un gran casco negro parecido al del ejército, cuyo rostro está cubierto por una máscara metálica, también negra, que recuerda en sus rasgos una mezcla imprecisa de animales y objetos: ratas, mandriles, cerdos, caretas antigás.

Mandril: Primate de África occidental.

Entonces, el niño extendió su mano y sujetó con fuerza la de la doctora. Ella sintió la sorpresa de aquel gesto con un impacto más que físico. Exclamó el nombre del niño. Le miró de cerca, al reflejo de las grandes imágenes multicolores. En los ojos infantiles persistía aquella mirada inteligente, absorta en la peripecia óptica, y la doctora sintió una alegría esperanzada.

La princesa ha sido capturada, aunque ha conseguido lanzar un mensaje que sus perseguidores no advirtieron. Mientras tanto, sus robots llegan a un desierto reverberante, cuya larga soledad solo presiden los restos de gigantescos esqueletos. El cielo está inundado de un extraño color, en un crepúsculo de varios soles simultáneos.

Reverberante: Resplandeciente.

Sin darse cuenta, la atención de la doctora se distrajo en aquella insólita aventura y no percibió que el niño había soltado su mano. El niño había soltado su mano y atravesaba la oscuridad multicolor de la sala, ascendía por la rampa de la nave, conseguía introducirse en ella como disimulado polizón.

Polizón: Viajero clandestino.

La nave recorría rápidamente el espacio oscuro, lleno de estrellas, que la rodeaba como un cobijo. Los héroes vigilaban el fondo del cielo para prevenir la aparición del enemigo.

Al fin, la doctora se dio cuenta de que el niño había soltado su mano y volvió la cabeza a la butaca inmediata. Pero el niño ya no estaba y, del mismo modo que había sucedido en aquella lejana desaparición primera, la búsqueda fue completamente infructuosa.

Infructuosa: Inútil.

(De *Cuentos del Reino Secreto*, 1982)

Ella acaba con ella[1]
Juan José Millás

ELLA TENÍA 50 AÑOS cuando heredó el antiguo piso de sus padres, situado en el casco antiguo de la ciudad y donde había vivido hasta que decidiera independizarse, hacía ya 20 años. Al principio pensó en alquilarlo o en venderlo, pero después empezó a considerar la idea de trasladarse a aquel lugar querido y detestado a la vez y, por idénticas razones, le parecía que aquella decisión podría reconciliarla consigo misma, y con su historia, y de ese modo sería capaz de afrontar la madurez sin grandes desacuerdos, contemplando la vida con naturalidad, sin fe, pero también sin esa vaga sensación de fracaso bajo cuyo peso había vivido desde que abandonara la casa familiar. Coqueteó con la idea durante algún tiempo, pero no tomó ninguna decisión hasta encontrar argumentos de orden práctico bajo los que encubrir la dimensión sentimental de aquella medida.

El piso tenía un gran salón, de donde nacía un estrecho pasillo a lo largo del cual se repartían las habitaciones. Al fondo había un cuarto sin ventanas, concebido como trastero, en donde ella —de joven— se había refugiado con frecuencia para leer o escuchar música. Se trataba de un lugar secreto, aislado, y comunicado con el exterior a través tan solo de la pequeña puerta que le servía de acceso. Decidió que re-

---

[1] La protagonista de este cuento necesita reconciliarse con ella misma. Cuando regresa a casa de sus padres, regresa, a la vez, a antiguas etapas de su vida, a recuerdos asociados a una parte de su memoria personal que quiere hacer desaparecer. Las habitaciones de la casa son una metáfora de los espacios de su pasado, de sus recuerdos.

habilitaría aquel lugar para las mismas funciones que cumplió en su juventud, y tiró todo lo que sus padres habían ido almacenando allí en los últimos años. Después colocó en puntos estratégicos dos lámparas que compensaran la ausencia de luz natural, e instaló su escritorio de estudiante y el moderno equipo de música, recién comprado. Un sillón pequeño, pero cómodo, y algunos objetos que resumían su historia completaron la sobria decoración de aquel espacio.

Se dedicó después a limpiar el salón, sustituyendo los antiguos muebles de sus padres por objetos de línea más simple que eliminaran aquella sensación de ahogo. Tuvo problemas con algunos espejos, pues por un lado le gustaban, pero, por otro, le producían una sensación inquietante aquellas superficies azogadas, en las que el tiempo parecía haber ido dejando un depósito que sugería la existencia de una forma de vida en el lado del reflejo. Finalmente decidió venderlos.

Clausuró después tres habitaciones —la de sus de sus padres entre ellas—, en las que era muy improbable que necesitara entrar, y arregló la cocina, en donde parecía persistir también alguna tenue forma de vida que quizá se había creado a lo largo de los años con los gestos y los pasos y la mirada de su madre sobre aquellos dominios alicatados hasta el techo.

Cuando terminó las reformas que había proyectado, se sentó en el salón y se sintió vacía y ajena a todo aquello. Había violado un espacio que ya no era suyo para sentirlo propio, y ahora tenía la impresión de que nunca llegaría a acostumbrarse del todo a aquella casa cuyas puertas parecían abrirse a otra persona, cuyas paredes —especialmente las del cuarto de baño y las de la cocina— exudaban una ligera humedad que sugería algún tipo de actividad orgánica en el interior de los muros.

En cualquier caso, decidió combatir la aversión con disciplina y, así, procuraba cocinar todos los días para que la casa se fuera impregnando de sus propios olo-

Azogadas: Inquietantes, temblorosas (de azogue).

Exudaban: Destilaban.

Aversión: Repulsa.

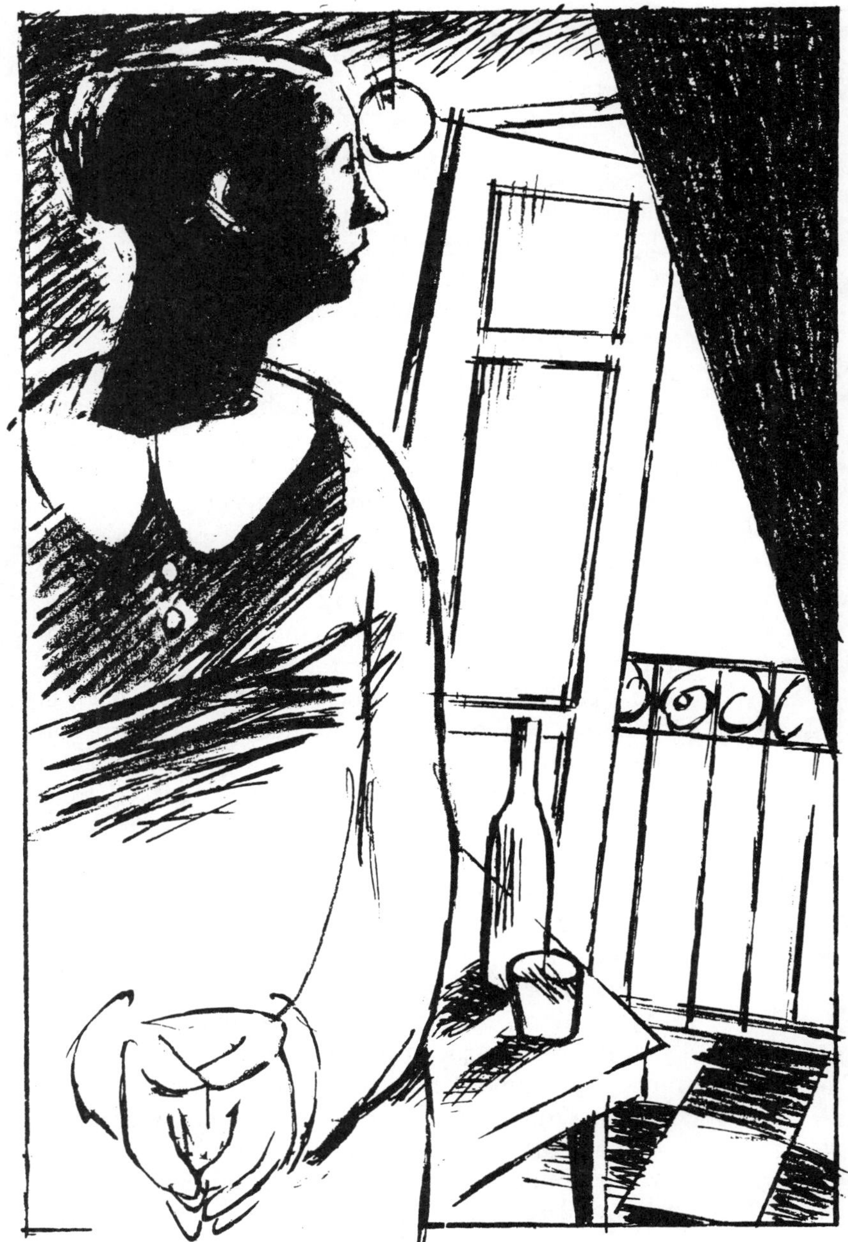

res. Salía poco, pues no ignoraba que aquellos espacios rechazarían su amistad si no se sentían habitados de forma permanente. Una vez que hubo dominado el salón, y la cocina, comenzó a recorrer con método el pasillo, que era una de las zonas más irreductibles de la vivienda. Y el pasillo la condujo al cuarto sin ventanas que había rehabilitado para obtener mayores dosis de soledad o refugio que en el resto de la casa. Se retiraba a esta habitación a eso de media tarde, cuando la luz dudaba entre persistir o acabarse, y ponía su música preferida al tiempo que leía un libro o se perdía en ensoñaciones que la trasladaban sin orden ni diseño a una u otra época de su vida. Aquel cuarto, al que se accedía a través de una pequeña puerta situada al fondo del pasillo, acabó por convertirse en una burbuja en cuyo interior podía viajar a salvo de las asechanzas de la vida.

Asechanzas: Trampas, emboscadas.

Así, pasaron algunos meses y la obsesión por el cuarto sin ventanas continuó creciendo a expensas de la zona más débil de ella, al tiempo que disminuía su interés por lo exterior. Y si bien es cierto que su carácter práctico y su educación la libraron de caer en el abandono de todo cuanto no guardara relación con aquel cuarto, también es verdad que el agujero aquel reclamaba su presencia de un modo cada vez más apremiante. Le bastaba colocarse en la cabecera del pasillo para sentir que una fuerza invisible, pero cierta, tiraba de ella como un centro magnético conduciéndola dócilmente por el corredor hacia su oscuro destino.

Se sentaba en el sillón y oía músicas antiguas y leía antiguos libros o miraba fotografías que iban poco a poco levantando su propia imagen, la imagen de una mujer dura, aunque frágil, cuya vida podría haber sido distinta a lo que fue. Y así, entre ensueño y ensueño —sabiamente guiada por la música y por los objetos de otro tiempo— nació en aquella habitación un reflejo de sí misma que al principio parecía amistoso, pero que al poco de formado comenzó a mostrar un lado hostil, independiente y acusador. Intentó clausurar aquel espacio, vivir como si no existiera, pero apenas entraba en el pasillo sentía su poder de atracción y caminaba hacia él, hacia el encuentro consigo misma, como guiada por unos intereses ajenos, como si sus piernas, su mirada, su cuerpo, fueran manejados desde un centro de operaciones exterior a ella. Cuando aceptó que se trataba de una lucha desigual, se dejó vencer, pero en seguida su carácter práctico le advirtió de que aquello conducía a la locura. Se vio a sí misma envejeciendo en aquel cuarto, manteniendo conversaciones interminables con lo que no pudo ser, haciéndose cargo de una vida paralela a la suya que vampirizaría todas sus energías, y el terror a esa imagen consiguió de nuevo levantarla del sillón y hacerla acudir a las zonas más templadas y luminosas de la vivienda.

Vampirizar: Absorber.

Poco a poco, gracias de nuevo a sus antiguos reflejos disciplinarios fue espaciando las visitas a aquel agujero, que era como el núcleo de una conciencia cuyos dictados parecían concernirla, y perdió el antiguo hábito de acudir a él. Sin embargo, la otra —llena de ausencia— no paraba de gritar desde aquel cuarto sin ventanas, de manera que sus gritos traspasaban la pequeña puerta y galopaban —ciegos— por el pasillo en dirección al salón. Pensó que aquello era otra forma de locura y decidió entonces clausurar con ladrillos el hueco de la puerta para dejar emparedado allí todo lo antiguo junto al reflejo de ella, junto a la otra, que quería crecer a cualquier precio ignorando que solo se crece hacia la muerte.

Concernir: Afectar.

Consiguió la cantidad de ladrillos y cemento necesarios para la operación y se puso a trabajar un domingo por la tarde. En apenas tres horas consiguió levantar un sólido muro que pareció borrar la existencia del cuarto. Todavía con la paleta en la mano, un poco sudorosa, observó los contornos de su obra, y repasó las pequeñas imperfecciones de los bordes. Después, agotada por el esfuerzo, se sentó y se quedó dormida.

Se despertó al poco, como sobresaltada por algo que estaba a punto de suceder, y el terror entró como una garra en su estómago porque advirtió que se encontraba en el lado del muro que se había propuesto clausurar. Para defenderse de aquella visión pensó que quizá seguía durmiendo o que tal vez ella era la otra, pero no le dio tiempo a averiguarlo porque un dolor desconocido por su intensidad le mordió el pecho, a la altura del corazón, y cayó muerta sobre el suelo, junto a aquel muro que debería haber dividido su existencia y que ahora separaba dos espacios asimétricos y sin significado.

En fin.

(De *Primavera de luto y otros cuentos*, 1989)

Las luengas mentiras
Álvaro Pombo

Luengas: Dilatadas, prolongadas.

TUVO QUE DECIR QUE SÍ, porque decir que no era negarlo todo: desfigurar la totalidad pulsátil —informulada y precisa— en que consistía su relación con Silvia, con la familia de Silvia. Se enamoró de Silvia y de los suyos a la vez. Poder tratarles de igual a igual le pareció un logro. La diferencia que Alfonso creía percibir entre él y la familia de su novia no era sociológica, no era psicológica, era estilística tal vez. Era la diferencia que hay entre hacer algo —lo mismo— con esfuerzo y sin esfuerzo. Terminar arquitectura le estaba costando trabajo aquel último curso... Aquel domingo, a finales de junio, mientras esperaba con su suegro y los dos hermanos varones de Silvia el momento de pasar al comedor, su suegro —de pasada— le preguntó si ya había acabado la carrera. Silvia acababa de entrar para decirles que la paella estaba lista. Oyó su mentira, pero no le desmintió sin embargo, guardó silencio y regresó a la cocina con su madre. Le habían quedado tres asignaturas y el proyecto de fin de carrera. A Silvia le había dicho que le quedaban solo dos y el proyecto. Le pareció absurdo, contraproducente: desmesuradamente negativo ante el futuro suegro dar detalles. En septiembre ya acabaría, ¿qué más daba junio que septiembre? Aquel mediodía estaban todos: Silvia y sus dos hermanos, los padres de Silvia, la madre del padre de Silvia y una amiga, invitada a la paella dominguera. Era un recinto soleado la sala de estar, el comedor, la casa. Un círculo cerrado donde todo parecía transcurrir con facilidad, donde cada cual

Pulsátil: Que emite energía, que golpea.

parecía hallarse en posesión, desde un principio, de su forma perfecta. Solo él, Alfonso, tenía que esforzarse para catar —como el odioso Píndaro[1] asegura— con inmaturo espíritu mil cosas altas...

Estaban en la parada del autobús hacia las seis de la tarde. Ese autobús les llevaría desde Canillejas[2] —en una de cuyas urbanizaciones vivían los padres de Silvia— a Madrid. Tomarían luego el metro hasta la Gran Vía[3], verían una película a las siete. Llevaban tres años saliendo. Los dos estaban persuadidos de conocerse bien, de quererse mucho. Solo que Silvia no tenía secretos, y Alfonso sí. Casi no llegaban a secretos —pensaba él—, omisiones tontas casi siempre, inexactitudes menores, piadosas, dictadas para que funcionase con facilidad su relación. *Agilem sine levitate*[4]...

—¿Por qué le has dicho eso a papá? Te faltan dos asignaturas y el proyecto.

—Por no entrar en detalles; ¿qué más da junio que septiembre? Está en el bote, niña.

—Casi en el bote, querrás decir...

—Como quieras, *casi*. Me fastidiaba dar detalles. Cojear a última hora, es como lesionarse justo los últimos minutos de un partido. Pensé que daba igual. Mejor dicho, pensé que era mejor.

—¿Cómo va a ser mejor decir una mentira? Una mentira que además era innecesaria. Papá sabe de sobra que vas bien, le es igual que acabes ahora que en septiembre...

—¡Justo! Eso es lo que digo yo, que da igual.

—Eso da igual —asintió Silvia—. En cambio no da igual decir que es lo que no es.

Por eso mintió: para no dejar a su suegro y a todos los demás con la impresión de que sacar brillantemen-

---

[1] Aquí el autor utiliza una referencia culta al poeta griego Píndaro (518-438 a. C.), autor de odas y poemas de tono elevado, para referirse con ironía el talante del personaje.
[2] Barrio de la periferia norte de Madrid.
[3] Céntrica calle madrileña.
[4] «Ágil sin levedad». Esta expresión latina subraya con ironía la actitud del protagonista en su relación de pareja: liviana, sin pararse en la trascendencia de sus actos, de sus «mentiras».

te la carrera le estaba costando mucho trabajo, muchísimos cuidadosamente calculados esfuerzos y desvelos. Sus cualidades —pensaba Alfonso— eran todas meritorias, pero ninguna innata. Había mentido para no desfigurarse. Durante todo el almuerzo, la carita seria de Silvia, sentada a su derecha, su gracioso ceño fruncido, le había recordado que, en el decálogo particular de su novia, mentir era la única falta mortal.

Cuando ya estuviera todo en marcha —casados ya— se desdiría: en la felicidad, con inmensa facilidad, agilidad, al aire, todo en limpio, en claro, por sí solo. Es decir, suponiendo que para ese entonces, tan próximo en realidad, a él mismo no se le hubiesen olvidado sus mínimas mentiras, disueltas en la fluida circulación de la dicha. Nunca se había considerado mentiroso, no era un mentiroso. Solo le costaba más trabajo que a los demás llegar a ser el que era desde siempre. Durante el viaje en autobús, durante la película, observaba de reojo a Silvia, más callada quizá que de costumbre. Nada especial, solo un cierto aire preocupado. Por su parte, Alfonso sentía —era imposible no sentirlo— el mosconeo de una cierta irritación, paralela a la involuntaria severidad de la chica. La veracidad —pensaba Alfonso— puede volverse una adicción tan fuerte o más que la mentira. A la salida del cine acompañó a Silvia hasta la Plaza de Castilla[5]. Al despedirse, poco antes de subir al autobús, Silvia dijo:

—¿Sabes qué?

—No. ¿Qué?

—Que me gustaría que el domingo dijeras a papá que hoy no le has dicho la verdad. Puedes decirlo de pasada, sin referirte a lo de hoy. Si te pregunta más detalles, que lo dudo, le dices la verdad, que te cabreaba no terminar en junio...

—Vale. El próximo día se lo digo...

Mosconear: Producir un zumbido de un moscardón. Importunar.

---

[5] *Plaza de Castilla* y otros nombres que aparecerán más adelante, como *San Blas, Serrano, Fortuny,* corresponden a calles y barrios de Madrid.

Volvió a su casa a pie. La irritación había explotado como una bomba fétida descomponiendo su paseo solitario. La última exigencia de Silvia le hacía sentirse maltratado. Aunque Silvia dijese que era fácil, no era fácil: desdecirse es humillante. Es además mostrarse doblemente torpe, enfáticamente falto de prestancia, impedido por la impedimenta de tener que hacer saber a todo el mundo, de pasada, que no había dicho la verdad, y, sobre todo, que no había sido capaz de sacar la carrera sin dificultades. Mientras caminaba, recorrió su galería mental de retratos de la familia de Silvia: asombrosamente parecidos todos, le parecieron un conjunto unificado de facilidades de pago, gratis total todo en la vida. El hecho de que Silvia y sus dos hermanos no hubiesen obtenido nunca, ni en bachillerato ni en sus carreras, calificaciones como las suyas, no alteraba lo esencial, lo innato. El carácter del padre —un constructor que había hecho dinero en los años de la tecnocracia franquista[6] construyendo chalets por los alrededores de Madrid— era la nota dominante del conjunto. Cientos de chalets, todos distintos entre sí un poquito, idénticos todos en el fondo, fáciles... Alfonso pensaba que su proyecto de fin de carrera sería lo contrario de un proyecto de chalet adosado, semiadosado, o situado en medio de un insignificante jardín, lo contrario de la piscina de riñón y la minúscula explanadita de césped. Su proyecto sería difícil, costoso, admirable: un bloque de viviendas en el gran San Blas, donde vivirían felices miles de familias obreras en recintos al mismo tiempo funcionales y estéticos, austeros y lujosos, inspirados por la difícil facilidad que —dentro de nada—, a fines de septiembre, iba a imprimir a su existencia.

No tuvo ocasión de desdecirse el domingo siguiente. Se iban todos a la sierra, a los chalets, a las piscinas

Enfáticamente: Significativamente, enérgicamente.
Prestancia: Refinamiento, estilo.
Impedimenta: Dificultad.

---

[6] Período del régimen del general Franco (1959-1974) en el que el Gobierno estaba formado por técnicos (ingenieros, arquitectos...) que constituían una poderosa clase social.

de riñón, a las playas, también Silvia. El ambiente en la casa le pareció —una vez más— abierto y fácil, acelerado y ágil, indiscutible y tierno y fascinante como el sol de junio. Nadie se acordaba ya de la carrera ni de los exámenes ni de las verdades ni de las mentiras, ni siquiera Silvia. «Todo esto es verdadero —pensaba Alfonso—, tan verdadero como mi afecto por todos ellos, tan verdadero como mi amor por Silvia. Mis inexactitudes, mis mentiras piadosas, mis elementales alteraciones de mi propia figura, son embellecedores, nada más: faltas o carencias o adherencias que se desintegrarán al integrarse en la integridad de la figura de nuestra felicidad, una vez casados Silvia y yo». Silvia se iba a la sierra con sus padres al día siguiente, pasaron la tarde en familia. Solo al irse, al despedirse dulcemente, saltó, como un monigote retenido dentro de una caja, la referencia a sus suspensos. Alfonso acababa de decir, dándolo por indiscutible, que subiría a verla los fines de semana, viernes, sábado y domingo. Silvia dijo:

—Mejor solo los domingos. Tienes que sacar las dos que te quedan y empezar el proyecto por lo menos.

Alfonso respondió:

—Estoy en ello, no te preocupes, de verdad, con cinco días a la semana es de sobra.

—Cuatro, querrás decir, si te subes el viernes. ¿Y el proyecto qué?

—El proyecto en diciembre, el profesor que lo dirige, ya sabes, de gira por las universidades de verano. Es que no paran, ya lo sabes tú...

Silvia escuchó todo en silencio. Luego dijo:

—Tú verás. No es que no quiera verte...

Se despidieron con un beso, con un abrazo, con un resumen que era también un feliz gesto de anticipación y consumación.

Hizo un calor terrible aquel verano. Los jueves por la tarde subía a la sierra con sus libros, que apenas miraba, regresaba a Madrid los lunes por la mañana. De lunes a jueves se abría un compás de espera que Alfonso rellenaba metiéndose en los cines refrigerados, acostándose tarde, empaquetando en una sola unidad sin contenido aquellos cuatro días en una única intención: la intención de dejarlos pasar con la mayor facilidad posible. Hizo —eso sí— algunas cosas en relación con su proyecto, compró libros de arquitectura, visitó las ciudades dormitorio de los alrededores de Madrid, caviló mucho... En septiembre se dio una vuelta por la Escuela, pero no se presentó a los exámenes. A la salida, los del curso le dijeron las preguntas. Tuvo la sensación de que estaba preparando una coartada. Ahora veía que la decisión de mentir había unificado, como un poderoso fondo silencioso, la vacua figura de todo aquel verano.

Cavilar: Pensar con insistencia.

Vacua: Vacía.

Satinado: Brillante.
Paradójicamente: Sorprendentemente, contradictoriamente.

Octubre, satinado y lento, tuvo un aire paradójicamente estimulante. Silvia, al aceptar sin reservas su declaración de haber aprobado las dos asignaturas, le hizo sentirse diminuto y ágil como un gato. Era un coladero esta nueva mentira, que —una vez utilizado— daba gusto pensar que podría volver a utilizarse. Aquel regusto correspondiente a la sensación de agilidad, fue como salir de Espasa-Calpe lentamente, sin pagar, con una magnífica edición ilustrada de Monet[7] debajo del chubasquero. El vigilante no le vio, la cámara de televisión le reflejó tal vez sin delatarle, como los espejos de los dormitorios y los baños. El guardia de seguridad, pendiente de los acontecimientos que ocurrían entre los dos paneles delatores, desatendió aquella tarde de lo que quedaba aún de paso libre y puerta a cada

---

[7] *Espasa-Calpe:* Editorial que tiene librerías en Madrid y en otras ciudades de España.
Claude Monet (1840-1926): Pintor francés representante de la pintura impresionista.

lado del panel. Silvia había creído su mentira, él había contado con que no se la creyera, con tener que demostrar lo que decía. Mentir era un trámite. Masturbarse fue también así, de adolescente, un trámite, una actividad que abandonó después... Había sin embargo una importante diferencia entre su mentira de junio y la de octubre: en junio Silvia hizo sin querer las veces de cómplice, porque sabía una parte de la verdad al menos. Ahora Silvia estaba al otro lado, enfrente, engañada: la mentira, al colar, se había vuelto un territorio, unas luengas tierras, aunque fuesen irreales, intangibles. Para Alfonso era solo un provisional asiento, un apaño, un inexacto apunte contable al haber, que se trasladaría de inmediato al debe. Al creerle Silvia, que era la persona más importante de su vida, todo pareció ceder a su favor, cederle el sitio, abrirle paso, como si la mentira fuese una alcoba tapiada cuyo acceso solo él conociera, donde podía aislarse si quería, estar solo. La mentira venía a ser como un pasillo que se cerraba al avanzar, que le aislaba provisionalmente de Silvia y de todos. El aire de octubre, por eso, le resultaba extraño, impregnado de la aceleración disimulada, el aura nueva regocijada, secreta, resultante de haber dicho a Silvia que era lo que no era. «En resumidas cuentas —decidió Alfonso—: una insignificancia a la que, por pura costumbre de cavilar, doy vueltas. Pero no hay que darle vueltas, porque no tiene vuelta de hoja, y, sobre todo, porque cesará de ser mentira cuando saque todo arquitectura el próximo junio».

Intangible: Invisible, intocable.

Aura: Atmósfera espiritual que emana de alguien o algo y lo rodea.

Descubrió aquel otoño que su insignificante mentira requería —como los libros de Espasa-Calpe— un guardia de seguridad: tenía que vigilarse para no delatarse involuntariamente. Descubrió que su mínima mentira —quizá porque Silvia la creyó tan a pies juntillas— requería ahora toda una trama, un entretejimiento argumental por si las moscas. Nunca había sido un muchacho sencillo. Ahora, su falta de sencillez se entrecruzaba con su mentira, reconociéndose entre sí ambas cosas como compatriotas igualados por la patria ajena donde da la coincidencia de que los dos han coincidido. Parte integrante de esa trama fue decirle a Silvia —decirles a todos— que en vista de que ya era arquitecto, iba a dedicar aquel trimestre a buscar trabajo. Encontró empleo en poco más de dos semanas, pero no (como contó detalladamente a Silvia) como delineante en el estudio de un arquitecto, profesor de la Escuela, en la calle Serrano, sino como profesor particular: iba a dar clases a una chica diez años mayor que él —Antonia— que pedía, en *Segundamano*[8], un licenciado en ciencias para repasar todo el bachillerato. Le pareció chalada, inverosímil, turulata y multimillonaria. La madre, con aquella pinta inglesa, fascinantemente distraída, amabilísima, genial... En todo esto de las clases de Antonia, la casualidad hizo las veces de necesidad: una vez comprometido, tenía que cumplir lo prometido: el trato verbal que estableció con Antonia, y que incluía unos considerables e incluso desproporcionados honorarios. Este compromiso, a su vez, no hubiera aparecido si no se hubiera visto obligado a llenar el tiempo que iba a tener libre con la complementaria falsedad de su inventado trabajo en el estudio del arquitecto. Esto fue innecesario también, pero casaba bien con todo lo otro, sustanciaba la trama que ahora, Alfonso, con toda claridad, consideraba un requisito indispensable para llegar a junio y rectificar la situación.

Tener aquel secreto —aquella impedimenta de su innecesaria mentira, de no contar la verdad, tendría que hacer durar todo un curso hasta junio— le volvió ocurrente, anticipatorio. Como si el no poder hablar de lo que realmente hacía, le hiciera sentirse constante-

---

[8] *Segundamano* es «El periódico de anuncios gratis» que se publica en Madrid de lunes a viernes.

mente expuesto y vigilado. Por eso tuvo que inventarlo todo frente a Silvia: los dos lados del estudio del arquitecto aquel, que era también un pintor bastante cotizado, un estudio en la entreplanta al cual se accedía cruzando un patio interior muy luminoso, tuvo que esbozar la personalidad del compañero que trabajaba a su lado. Tenía que cambiar automáticamente de la realidad a la irrealidad —de lo que hacía a lo que fingía hacer— tan pronto como creía advertir la señal roja parpadeando peligrosamente con ocasión de cualquier pregunta o comentario de Silvia o de su familia.

Durante todo aquel trimestre, con frecuencia, entrevió la posibilidad de que la naturaleza de su relación con Silvia se alterara. Ciertamente había perdido naturalidad: la quería igual que siempre, pero justo por eso tenía que ser más cauteloso con ella que con nadie. Que Silvia le creyese era la garantía, el seguro contra terceros, el reaseguro de que le creerían todos los demás. Que esto no fuera lógico del todo —puesto que cualquiera de los hermanos de Silvia podía conocer conocidos de Alfonso que le revelaran la verdad, por no hablar de las abundantes relaciones profesionales de su suegro— no quitaba, sino que imprimía fuerza a su convicción de que, si ella le creía, todos le creerían... Se dijo a sí mismo que toda aquella situación era provisional, que iba a durar solo hasta junio. Y esta provisionalidad parecía restarle gravedad ante sí mismo. ¿Cómo iba a ser grave declarar que uno es, o no es, esto o lo otro a lo largo de nueve meses justos? Sería grave si la intención de engañar permaneciese para siempre. Sería grave si su intención hubiese sido engañar a Silvia y a su familia. Pero esa —pensaba Alfonso— nunca había sido su intención. El engaño era accidental, temporal, no el fin de su acción deliberada: era un requisito, como una partida de nacimiento, como las dos fotografías tamaño carnet que el funcionario de turno reúne en el expediente sin fijarse apenas. Había mentido —quizá era preciso retener esa delictiva expresión, «mentir», por falta de otra más adecuada— porque la verdad no hubiese servido para nada, hubiese sido un simple impedimento que Silvia, conociéndola, se hubiese considerado en la obligación de recordarle cada vez que salían de paseo o iban al cine o subían a la sierra los fines de semana. Era o todo esto, o desdecirse. Pero ¿cómo iba a desdecirse?, o —mejor dicho— ¿por qué? Si ahora se desdecía —pensaba Alfonso en noviembre— todo lo que de impedimento o mácula tuvo la verdad, aparecería automáticamente duplicado. Desmentirse, cuanto más tiempo pasaba, le iba pareciendo más gravoso, cada día. Era casi más fácil sacar en junio las tres asignaturas y el proyecto. Por no hablar del inevitable desencanto que en Silvia y su familia produciría la inesperada revelación. Esta era otra complicación de su piadosa mentira inicial de junio con la que Alfonso no empezó a contar hasta finales de noviembre. La cantidad de desilusión iba en aumento cuanto más dilatase el efectivo desilusionarles. Decir la verdad cobraba ahora el aire desolado de los desencantos. «Soy responsable de su bienestar, de su encantamiento. Mi obligación ahora es no desencantarles...».

Mácula: Mancha.

Efectivo: Verdadero.

Un domingo le dijo a Silvia:

—Ahora en navidades voy a tener una semana libre en el estudio. Podríamos ir a Lanzarote, que siempre has querido...

La clase de Antonia era realmente un sueldo. Estaba ahorrando, estaba no gastando mucho por lo menos. Era preferible gastarlo todo junto con Silvia en Lanzarote. Si de verdad hubiera terminado la carrera, ¿hubiese buscado con tanto afán esas clases? Quizá no. Seguro que no. Se hubiera sentido justificado para perder todo un año y hasta dos buscando un empleo apropiado, digno... Lanzarote sería la continuación y el fruto de la mentira.

Antonia Fernández Campbell fue una suerte. Una rareza que sobresaltó a Alfonso durante las dos primeras semanas. Luego le pareció como un repentino descubrimiento, una coincidencia feliz, una gran suerte. A partir ya del primer mes, al empezar las soleadas, breves tardes madrileñas de diciembre, Alfonso comprendió que había dado, de chiripa, con un filón inagotable. Incesantemente variable, Antonia inspiraba convicción, confianza, solidez. Aquel enorme tercer piso en la parte elegante de Fortuny donde vivían Antonia y su madre, era elegante, cálido, inglés... Todo el mobiliario considerado en conjunto era una transparencia de los últimos años del pasado siglo. «*Frightfully british, I'm afraid*»[9], declaró Adelaida Campbell, la madre de Antonia, al mostrárselo el primer día. Alfonso no salía de su intenso y continuado, aunque contenido asombro. Era como sentirse actor, un astro de tercera o cuarta fila, en una película inglesa sobre el imperio británico... Una transparencia imprecisa, por supuesto, una sensación global de seguridad propia de gentes de otro grupo social, superior a la familia de Alfonso o la de Silvia. También aquí todo parecía obtenido con naturalidad, desde siempre, sin esfuerzo... La clase tenía lugar puntualmente de cuatro a siete de la tarde en un pequeño salón separado del salón principal por una puerta de doble hoja de cristales con visillos blancos. A las seis y media hacía su aparición en la sala Adelaida Campbell. El té se tomaba a esa hora. A partir de la segunda semana, invitaron también a Alfonso a tomar el té con ellas algunos días. En presencia de la madre cambiaba la conversación de Antonia, que se volvía más convencional. Madre e hija se parecían mucho, dos personas distinguidas, inteligentes, guasonas, «como de otra época», era el resumen de Alfonso. Aquella sala con sus tonos oscuros de la caoba, del raso, de los arreglos florales. Todos los elementos del decorado

---

[9] «Aterradoramente británico, me temo». (En inglés en el original).

Solapar: se solapaban unos con otros, configuraban un fondo
Superponer. entredorado, discretamente perfumado, sólido, eficaz, anglosajón... No se hablaba de dinero. Alfonso encontraba semanalmente un sobre con su nombre en el escritorio de Antonia. No se comentaban los sucesos, no había estridencias. Se hablaba en cambio, durante los tés y durante las clases, de todo lo demás. Antonia quería siempre escuchar lo que pensaba Alfonso acerca de todo lo pensable. Era agradable la curiosidad de Antonia por sus opiniones. Le hacía sentirse guapo. Le hacía además sentirse siempre en trance o en proceso de transformación. Antonia hablaba siempre como si, a consecuencia de lo hablado, cuya complejidad y brillantez iba en aumento, fuese a producirse al final de
Tangible: concreto, cada velada un resultado tangible, un gran final, como
real. un último acorde que retiene en un único recuerdo todos los previos ritmos y compases que parecieron vertiginosamente marginales, accidentales o desencaminados. Era curiosamente él, Alfonso, quien conducía y dirigía las veladas. Antonia marcaba en cambio el breve compás que es consideración o deferencia al superior: respetaba el necesario desnivel entre quien enseña y quien aprende. Alfonso guiaba los repasos de álgebra y geometría sintiéndose todo el tiempo elevado o transportado por una energía rítmica que no procedía de su explicación. Alfonso expresaba la situación
Para su capote: Decir para su capote mucho más vulgarmente: «Esta sabe lo
para sus adentros. que se le olvidó al diablo, se las arregla para llevar siempre la batuta[10] haciendo que yo me crea el director de la orquesta». Pero era una agradable sensación de estar siendo probado, tentado, movilizado, desvelado, enriquecido, embellecido, todo en uno. «Antonia *just loves mixing bussiness and pleasure, you'd better be careful*[11], Alfonsou», decía la madre. «¿Estarán jugando

---

[10] Una batuta es un bastón corto con el que el director de una orquesta marca el compás. De ahí deriva el sentido familiar de «llevar la batuta»: dirigir algo.

[11] «[...] le gusta mezclar los negocios con el placer, sería mejor que tuviera cuidado». (En inglés en el original).

conmigo estas dos?», se preguntaba Alfonso al dejar la casa algunas tardes, sintiéndose muy vulgar y también incómodo por no poder discutir el asunto con Silvia. Por más que hiciera por traducir lo más interesante de toda aquella sutileza de las Campbell, no habría forma de hacer creer a Silvia que aquello ocurría en el estudio de Serrano. Poco antes de navidades, hacia el quince, coincidiendo con sus ficticias vacaciones del estudio, sentado con Silvia en el patio de butacas de un cine de estreno, cerró los ojos y apretó los puños. Sentía las convulsiones del diafragma como antes de vomitar. Estuvo a punto de levantarse de la butaca, logró dominarse. Se sintió harto de aquella película, aquel cine, harto de Silvia, sincera y sosa, sentada junto a él, igual que él. Sus conversaciones carecían de desniveles, de allegros, de adagios, de andante molto e cantábile[12], tenían lugar, arrítmicas, de igual a igual. El enamoramiento se había puesto a un lado entre las cosas consabidas. Pensaba en Antonia todo el tiempo. Antonia se iba de vacaciones a Edimburgo a finales de aquella semana. Tenían intención de volver las dos a mediados de enero. Era desesperante pensar eso...

—No sé qué te pasa que estás ido —le dijo Silvia al salir del cine.

—Estoy cansado, no estoy ido. Estoy cansado —dijo Alfonso.

—Ahora tendremos unos días para descansar...

La tarde acabó de cualquier modo, es decir, igual que siempre, acompañando a Silvia hasta la Plaza de Castilla y volviendo a pie a casa.

El último día, Antonia dijo:
—Entiendo que vas a guardar mis tres horas, reservarlas, por lo tanto tienes derecho a cobrarlas...

---

[12] La terminología de esos movimientos de la música sirven para calificar el ritmo lento y pausado de las conversaciones.

Cuando Alfonso abrió el sobre en el portal, encontró el sueldo de un mes completo. Llamó por teléfono desde una cabina: «...Darte las gracias por lo menos», declaró al terminar. A Silvia le dijo que era una paga extraordinaria por su tres meses de trabajo. En Lanzarote recobró parte del afecto por Silvia, el antiguo afecto, pero complicó mucho la mentira inicial, convirtiendo a Antonia y a su madre en dos personajes de la oficina: un matrimonio inglés, él arquitecto también, amigo de su jefe. Dijo que se habían hecho muy amigos, que no había tenido más remedio que ir algunas tardes a verles a su casa a tomar el té, todo muy *british*. Ella, Antonia, hablaba con dificultad el español, y Alfonso mencionaba, a fin de completar el tapiz de su ficción, algunas de las frases de Adelaida Campbell. «Él es más joven que ella —decía—. Se les nota la diferencia de edad. Yo no soportaría una relación afectiva que no fuera de igual a igual, como la nuestra...». Como es natural, Silvia dijo que le encantaría conocerles. Alfonso explicó que no estaba seguro de que fuese una buena idea, porque aún no tenía tanta confianza y Antonia era muy posesiva y no aceptaba con facilidad ver en su casa otras mujeres, que prefería ser ella la única mujer en las reuniones... Todo esto resultaba —contado al aire libre en las tumbonas de la playa— fascinantemente verosímil, casi real. Alfonso descubrió que se podían compaginar en el relato cualidades que en la realidad pertenecían a dos individuos diferentes. Se podía decir por ejemplo: «Es ella quien más interesada está en esas reuniones. Es atrozmente posesiva, se le nota. Para que algo le interese tiene que ser posesión suya». Alfonso aseguró —naturalmente— que él se limitaba a fingir porque le convenía con vistas a su futuro profesional aquella relación con el importante arquitecto londinense. Tan copioso era todo, daba tanto de sí aquella invención, y se compaginaba tan armoniosamente con la situación de excepcionalidad con que todo el mundo vive en vacaciones, que Alfonso,

Copioso:
Abundante.

ahora, no creía estar faltando a la verdad, sino fabulando para divertir a Silvia. Pareció un tiempo enorme porque vivían juntos y de acuerdo en todo. El día de Reyes se les vino encima como una fatalidad inesperada. Tenían billetes para regresar al día siguiente. De pronto, la perspectiva de volver a Madrid, tener que pasar días sin verse, o verse solo deprisa o hablarse por teléfono, les pareció insoportable. La idea de casarse aquella primavera fue una consecuencia, una opción que se avalaba por sí sola. Con el sueldo fijo que ya tenía Alfonso y, como mínimo, la entrada para un piso que les daría el padre de Silvia, podrían ponerse en marcha. Esta felicidad de las vacaciones volvería a repetirse simplemente con casarse. Alfonso, por supuesto, era consciente de la precariedad de su situación...

Se avalaba: Se garantizaba, se apoyaba.

El proyecto de casarse, con su cronología precisa, su carácter delimitador del tiempo que faltaba hasta esa fecha, su promesa felicitaria[13] de clausura, fue una realimentación de aquel proyecto inicial, ya desgastado, de salir juntos, quererse, considerarse y ser considerados pareja...

El regreso de Campbell introdujo una variación no del todo controlable: su relación con las Campbell modificaba invisiblemente su relación con Silvia, ante todo porque añadía un lado o una posibilidad a la vida de Alfonso, a la imagen que tenía de sí mismo, que no tenía paralelo ninguno con el mundo de Silvia. Los compañeros de la Facultad de Silvia no eran equivalentes a las Campbell. En cualquier caso, como si las vacaciones les hubieran reanimado a todos, la relación con Antonia adquirió una nueva y más profunda dimensión. Antonia empezó a tratarle como a su confidente, su aliado, su amor platónico...

—Esto del sobrecito es un horror, Alfonso, mañana te voy a poner la *standing order*[14], tu sueldo por antici-

---

[13] Que busca la felicidad (se refiere a la promesa).
[14] «Orden de transferencia». (En inglés en el original).

pado. Así yo no me tengo que ocupar cada semana de ir de papelería en papelería a por el sobre.

Alfonso se rió porque los sobres de Antonia eran hechos a medida, con el nombre en letra inglesa. Abrió por indicación de ella una cuenta en una sucursal del Banco Popular, no lejos de Fortuny... Cambió la posición de los dos en la clase, se deshizo el desnivel. Ahora ya no se sentaban con una mesita de por medio, sino uno junto al otro a un mismo lado de la mesa. Alfonso entreveía un principio de erotismo, pero se equivocó. Antonia estaba junto a él, pero lo que empezó no fue el erotismo, fue la dialéctica de la curiosidad, la curiosidad como erotismo. Antonia se las arregló para que hablara de Silvia y de sus mentiras. Con Antonia se abrió de par en par. Al hacerlo sintió que se cerraba paralelamente, a cal y canto, un lado de su relación son Silvia: ahora ya no era solo cuestión de inventar una pareja ficticia y una ficticia actividad profesional, sino también de tener que disimular la importancia de Antonia. Al saber Antonia toda la verdad, su relación con ella se había vuelto absoluta, acostarse con ella no hubiera añadido mucho más. Y la relación con Silvia, relativa, o condicionada tanto por las mentiras como por el secreto cada vez más complejo en que consistía su relación con la Campbell. Iba a casarse precisamente con la mujer que no compartía sus secretos. Aquello era un sentimiento extraño, una nueva mentira o falsedad o falta de veracidad más consistente y profunda que las anteriores. Aunque el secreto aquel no contenía en sí mismo nada especialmente malo.

Se casaron en mayo. Para entonces todo parecía haberse hablado y destripado con Antonia Campbell, mientras que con Silvia —a pesar de conocerla desde mucho antes y tener con ella relaciones más íntimas— todo estaba aún empaquetado, en gran parte sellado, todo o casi todo estaba por decir y por hacer.

Alfonso pensaba con frecuencia en los motivos que había tenido para casarse. La verdadera respuesta se la dio Antonia una tarde:

—Te casas con ella para poder conservarme a mí como secreto y como imposible. Silvia es tu limitación, tu localidad. Yo soy un viaje, una utopía. Además, conmigo, aun suponiendo que quisiera yo casarme y vivir contigo, te sentirías siempre en falso, como casado con tu madre.

El hecho de que Antonia solo le llevara unos diez años, no restaba verosimilitud a la interpretación de Antonia, parecía su madre porque, ante ella, exponía su conciencia en cueros. Parecía su madre porque con Antonia todo era continuo aprendizaje.

Fue una tontería, un incidente que podía haber tenido lugar al día siguiente de decirle a su suegro que había terminado la carrera. De haber ocurrido entonces, no hubiera tenido apenas significación. Ahora, al cabo de un año de la mentira, y ya casados, la declaración que hizo su suegro un día que fue con su mujer a comer a casa de los recién casados, retumbó como una bomba:

—He estado en tu estudio hablando con tu jefe, y ahí nadie te conoce. No lo entiendo. ¿Has terminado la carrera o no...?

Inesperadamente, dejando a Alfonso boquiabierto, Silvia dijo:

—¡Ea, papá! Por fin lo has descubierto. Los dos decidimos no andar dando explicaciones, no queríamos que te preocuparas. Alfonso sí que ha terminado, lo que no ha encontrado es ese trabajo. Te lo dijimos para que no te preocuparas...

Su suegro se quedó pensativo, pero no insistió. Adoraba a Silvia y estaba acostumbrado a aceptar lo que ella decía sin hacer preguntas... Cuando se fueron, y el matrimonio se quedó solo, Silvia le preguntó:

—Alfonso, dime si es verdad lo que le he tenido que decir a mi padre.
Él dijo:
—De sobra sabes que es mentira.
Pero con eso todo quedaba ahora entre los dos en vilo. Si no había terminado la carrera, había engañado a Silvia, y si tenía un empleo, dinero, distintos del dicho, también la engañaba.

Acreedor: Que tiene derecho a pedir el cumplimiento de una obligación, especialmente de pago.

En un abrir y cerrar de ojos relampagueó lo ocurrido con su suegro como una oportunidad inesperada para rehacerlo todo: si ahora decía la verdad, su mentira o suma de mentiras sería solo una deuda, una cuenta deudora que podía cancelar en el momento al ingresar la verdad que iba a volverle acreedor. Las mentiras dan lugar a un saldo deudor. ¿Podía cancelarse automáticamente aquella deuda? La comparación de sus mentiras con un saldo deudor se reforzaba por el hecho de que tenían —como el dinero— un aspecto instrumental: no todo lo que le había dicho a Silvia era mentira, su vida en común no era mentira. Verdaderamente la quería. Se habían casado porque se querían. Solo que, en ese poderoso núcleo de verdad, aparecían incrustadas —como deudas circunstanciales— sus mentiras. Bastaba cancelarlas, desdecirlas, para que se quedase entre los dos únicamente la verdad. Silvia esperaba una contestación, una explicación. Había ido a la cocina en busca de cigarrillos y había vuelto. Se había instalado en su lugar habitual del sofá, había encendido la televisión. Alfonso ocupó el otro lado del sofá, forrado de arpillera blanca, todavía muy nuevo. En el almohadón de en medio, Silvia solía dejar el cenicero, el paquete de Winston y un bonito encendedor regalo de Alfonso. Todo igual que siempre: solo el instantáneo precipicio de su oportunidad de desdecirse, solo su deuda, imprimían una tirantez a la situación cotidiana, una cierta rigidez al gracioso perfil de Silvia. Silvia dijo:

—Así que no trabajas con ese arquitecto. ¿Quiere esto decir que tampoco sacaste el título, que nos has engañado a todos?
—Mira. ¡Es verdad que no trabajo ahí! ¡Pero claro que terminé, cómo no iba a terminar! Lo del estudio lo dije para que tus padres no se preocuparan, ni tú...

¿Cancelaba con eso la mitad de su deuda? La expresión de Silvia, que ahora miraba a los ojos, le pareció insuficientemente pacífica. Demasiada cantidad de sorpresa. Si Silvia pensaba que todo era verdad excepto un par de cosas, ¿a qué venía aquella expresión sobresaltada que le hacía sentirse un delincuente? ¿Y por qué no aprovechaba ya para decirlo todo...? Silvia preguntó:
—Entonces... el sueldo..., todo el dinero que gastamos..., si no trabajas, ¿de dónde sale todo eso?
—¿Es que esto es un interrogatorio? Te puedo asegurar que no lo he robado.
—Bueno...¿Y por qué no? ¿Cómo sé yo que no es robado?
La irritación que Alfonso sentía le hizo decir:
—Mira, Silvia, la confianza se tiene o no se tiene. Si no te fías de mí, da igual lo que te diga. Y si te fías, no viene a cuento preguntar todo esto...
Observó fríamente la vacilación de Silvia con una punzada, tal vez, de culpabilidad.
—No es una cuestión de confianza —dijo Silvia—. Es natural que quiera saber qué haces. Yo te cuento lo que hago. Tú, por lo que se ve, me has contado otras cosas. Cosas que te inventas. Cosas que no son...
—¡Piensas que soy un mentiroso!
—Yo no he dicho eso. No te estoy llamando nada. No te entiendo. Es una sensación rara, Alfonso. De pronto eres y no eres el mismo. Llevamos cuatro años juntos. Tenemos tantas cosas en común..., nos conocemos... No entiendo el porqué de todo esto. A qué viene todo esto.

Alfonso se aferró a aquella ligera variación de las revelaciones de su suegro. Explicó, fabuló, detalladamente lo que había ocurrido desde el día en que dijo a su suegro que había terminado la carrera hasta la fecha: el aprobado de septiembre, el proyecto presentado en diciembre, el matrimonio. Contó de repente que ayudaba a un amigo en una gestoría.

—¿Y el matrimonio inglés? ¿Tampoco existe?

Esa pregunta le hizo sentir compasión. Era una pregunta ingenua, una demostración indirecta de hasta qué punto Silvia le había creído. A todo trance tenía que salvar aquel detalle. Pensó velozmente: ¿Aceptaría Antonia hacer el papel de mujer casada con un arquitecto inglés para poder justificar ante Silvia esta pequeña fabulación? Quizá sí. El aspecto teatral de todo aquello podía interesar a Antonia Campbell. Se decidió:

—Si quieres conocerles... Bueno, él ahora está de viaje. Podemos convidarla a ella a cenar. ¿Quieres que invitemos a Antonia? —Alfonso había mantenido el nombre de Antonia también para su personaje ficticio.

—La verdad es que ahora me da igual. Como quieras.

El programa les interrumpió con la quizá secreta aquiescencia de ambos. El asunto no concluido imprimió una cierta vehemencia, como un énfasis, al ritual de irse a la cama, poner el despertador, leer un rato..., como si Silvia se adelantara a afirmar todo lo que era cotidiano y común para los dos, para que, lo que no lo era, pareciese una nimiedad, un malentendido circunstancial... Silvia se levantaba antes que él para acudir a su curso de doctorado. No volverían a verse, como de costumbre, hasta la tarde.

Las Capmbell llevaban hablándolo hacía tiempo: querían un sitio en el campo cerca de Madrid, fuera de Madrid. Una casita —decían— de una planta, a dos o tres kilómetros del pueblo. Si algo tenían en común madre e hija —había observado Alfonso— era el sen-

Aquiescencia: Conformidad.
Vehemencia: Exaltación, efusión.

tido práctico: «para que no cueste una fortuna meter la luz, el teléfono, el agua». Alfonso no estaba acostumbrado a aquel modo oscilatorio de hacer planes: madre e hija llevaban un mes sacando el tema de la casa —el «apeadero», lo llamaba Antonia— todas las tardes durante el té. Le hacían partícipe de una actividad futura que incluía la construcción de la casa, que diseñaría el propio Alfonso, y el trazado del jardín, con subidas y bajadas, con rincones, con pequeñas fuentes, con pérgolas, con rotondas..., tendría que tener una vista abierta, estar en alto, eso era lo esencial, el alicatado de la cocina y los baños era también esencial, y el servicio: alguien tendría que estar allí por si les divertía ir a mitad de la semana. Alfonso percibía todo como una fascinante barahúnda de irrealidades, cuya realización en un futuro próximo solo parecía garantizar el discreto lujo, el dinero implícito, sedoso, el piso de Fortuny... Por eso, aquella tarde, al dar las seis, cuando Antonia dijo: «Quédate a merendar, que el constructor viene esta tarde» se quedó sorprendido. De pronto parecía estar todo a punto, las amables divagaciones de los meses anteriores acerca de la casa se habían borrado. Alfonso se sintió absurdamente ofendido, como si todo ello lo hubiesen decidido las dos a sus espaldas tras tanto hablarlo con él, sin consultarle...

Entró con Antonia, como muchas otras tardes, en la sala. Se sentó en su sitio de costumbre. Dieron las seis en el sólido y delicado reloj del hall. Se abrió la puerta que daba al hall, y entraron en la sala, uno tras otro, como figurantes de una procesión inverosímil, Adelaida Capmbell, el padre de Silvia, la doncella de siempre y otra segunda —más joven— que, por lo que Alfonso sabía, se limitaba a abrir la puerta o a traer por segunda vez agua hirviendo algunas tardes. Alfonso se levantó. Antonia le miró desde su asiento, las doncellas se abrieron silenciosamente en abanico. Adelaida sonrió y dijo: «Alfonso, te voy a presentar...». El padre de Silvia se había quedado inmóvil, iba cuidadosamente

Apeadero: Casa en que se vive de paso o eventualmente.

Pérgola: Construcción ligera que proporciona sombra en un jardín.

Barahúnda: Alboroto, algarabía.

Hall: Vestíbulo (anglicismo).

Envarado: Altivo, orgulloso.

trajeado con su príncipe de Gales[15] cruzado. Un hombre apuesto, un suegro presentable, un hombre de negocios, especialmente afable y sociable, envarado y —quizá por primera vez en su vida (pensó Alfonso)— incapacitado para hacerse cargo de la situación. Logró decir por fin: «Nos conocemos». Alfonso le tendió la mano derecha —un automatismo que pareció disolver por sí solo la acallada parálisis de la escena—. Su suegro, a su vez, le dio la mano. Murmuró para la Campbell: «No sabía que ustedes se conociesen». Alfonso dijo: «El mundo es un pañuelo». Adelaida hizo sentarse al padre de Silvia junto a ella en el sofá. Alfonso consultó llamativamente su reloj. Se disculpó. Se fue...

—Dice mi padre que se encontró contigo en casa de unas clientas. Que se quedó de piedra. Y... bueno, no lo dice, pero yo sé que lo piensa que tienes un lío con la hija. Ya le conoces. No es que sea mal pensado, pero cree que es un lío de faldas...

—¿Y tú qué crees? —preguntó Alfonso moviéndose con soltura por la sala de estar, quitándose la chaqueta y la corbata. Los dos acababan de llegar. Alfonso encendió la televisión, encendió un pitillo, se sintió de pronto leve... Al borde del desvelamiento, se sintió ágil como un bailarín, casi sin peso, dispuesto a dar un gran brinco para salir airoso. Darse cuenta de que no tenía escapatoria y sentirse libre fue todo uno. Por eso dijo, amablemente, bajando el volumen de la televisión con el mando a distancia:

—Di, Silvia, ¿tú qué crees?

—Lo que yo creo da lo mismo. Supongo que a ti te da lo mismo. A papá le dije que son amigas nuestras. Le dije que la hija es una de mis mejores amigas.

—Entonces mentiste.

---

[15] Se refiere a un traje clásico inglés, cuyo tejido, generalmente de lana, destaca por ser de cuadros de diferentes tonos sobre el mismo color.

—Bueno, claro, mentí. No es agradable ni siquiera con tu padre parecer imbécil. No creí lo del ligue, no llegó a decirlo tampoco. Me chocó tanto no saber nada de esas dos personas, tu relación con ellas... Es tan raro. ¿Pero quiénes son?

—Clientas de la gestoría, eso son. Yo les organizo un papeleo. No tiene nada de particular. Una vez al mes suelo ir...

La televisión era como el fuego de la chimenea, como un foco de luz en un cuadro tenebrista[16]. Los dos hablaban y miraban la pantalla. Detrás de los dos, el piso entero, el dormitorio conyugal con su gran colcha color crema, bordada a mano, y la cocina nueva con todos los electrodomésticos y el tostador de pan en la mesita donde cenaban siempre y el hall-distribuidor con un paragüero con paraguas y un espejo estilo antiguo, anticuado un poco, pensaba Silvia cada vez que lo veía. Todo era nuevo en la casa, los jóvenes pucheros, las jóvenes ensaladeras, los jóvenes esposos, y también ese paragüero de estilo castellano era joven y recientemente hecho en serie... «El piso, la casa, el hogar, la configuración total, Alfonso y yo», pensó Silvia velozmente, desesperadamente, mientras decía:

—Si quieres, luego hablamos, estoy muerta de hambre. Voy a hacer la cena.

Encendió la luz de neón de la cocina, abrió el grifo monomando mezclando un gran chorro de agua fría y caliente. El estrépito rebotó en la limpia y ordenada cocinita atronando a Silvia, silenciándola, haciéndola desatender todo lo que se le venía encima, todo lo que ahora se confirmaba como una bobería quizá, como un innecesario secreto revelador en cualquier caso... Recordó las frases bienintencionadas —malignas solo hubo involuntariamente— de su padre: «Por lo visto les da

Monomando: Grifo con una sola palanca para regular cantidad y temperatura del agua.

---

[16] El tenebrismo es una tendencia pictórica que acentúa el contraste entre zonas iluminadas y oscuras. Su máximo exponente es Caravaggio, pintor italiano de finales del siglo XVI y comienzos del XVII.

clase, no sé si a la hija sola o a las dos. Me chocó todo tanto que no me fijé bien. De física y química y matemáticas por lo que contó, no sé por qué riéndose, la hija... Parece ser que Alfonso vale para enseñar. Eso dijeron... Un piso espléndido, y muy elegantes las dos sin ser tampoco guapas... Bueno, pero si me dices que ya las conoces, no hace falta que te cuente cómo son..., inglesas. En resumidas cuentas ser inglesas es como ser guapas».

Silvia contempló fijamente el monomando, encendió la encimera eléctrica, que enrojeció ferozmente sus cuatro placas a la vez. Unas bolitas de agua saltaron de la pila, como mercurio... Pensó: «¿Para qué me ha dicho que eran clientes de la gestoría?... Da igual. Esto es todo y no significa nada. Le he dicho la verdad, que da lo mismo. Ahora da lo mismo. Todo seguirá lo mismo. Solo que ya no puedo pensar seriamente en tener hijos o en hacer la cena ahora. Da lo mismo hacerla que no hacerla. No le quiero, y eso también da lo mismo. Quizá me quiere, quizá no. Un día, por cualquier conducto, porque yo misma lo descubra o Alfonso me lo cuente, sabré detalles nimios, increíbles, terribles. O lo contrario: nunca sabré todos o no estaré en condiciones de sumarlos. Supongo que nos apagaremos a la vez los dos, cada cual a un lado de la misma cama... Una profunda falta de respeto mutuo hará las veces de la paciencia y del conocimiento. El odio y el amor brotarán juntos, indiscerniblemente idénticos. Luego, nada...».

Encimera: Parte superior de un mueble de cocina.

Indiscerniblemente: Inapreciablemente, incomprensiblemente.

(De *Cuentos reciclados*, 1997)

Orientaciones para el estudio de la obra

PROPUESTA DE ACTIVIDADES

Puesto que la selección de esta antología es amplia y variada, y son muchas las posibilidades de trabajo que permiten plantear sus cuentos, lo que ofrecemos es una doble propuesta de actividades alternativas que permitirán al profesor escoger las que considere adecuadas en función del cuento o los cuentos leídos con el grupo de alumnos.

La primera contiene una breve orientación que sirve de guía de lectura para cada cuento por ir acompañada de actividades que ayudan a comprenderlo mejor y a disfrutar de su texto. El grado de dificultad de unas y otras varía, ya que unas invitan a investigar sobre el contexto de un cuento, otras, a reflexionar sobre su intención, otras, a observar aspectos que una lectura rápida no permite detectar, y otras a realizar ejercicios de escritura en los que el alumnado ensaye su capacidad creativa.

La segunda es una propuesta de actividades globales que, en la misma línea, permitirá trabajar sobre aspectos que tienen que ver con el conjunto de los cuentos. Estas permiten una visión más global de las diferentes técnicas y estilos narrativos, de la variedad en los temas y en sus tratamientos.

I. GUÍA DE LECTURA PARA CADA CUENTO

EL TAJO

Un cuento de Francisco Ayala

En uno de los frentes de la Guerra Civil un teniente protagoniza un incidente sin aparente trascendencia que se convierte en su «única aventura durante la guerra». A partir de ese momento su gran obsesión es ver el modo de liberarse de la culpa de ese suceso que le impide vivir tranquilo. Aunque tendrá que esperar a que acabe la guerra para solucionarlo. Mientras, su estancia en el frente se ve alterada por el recuerdo obsesivo de su infancia y sus vivencias familiares.

Observa que en este cuento —el más largo de los seleccionados— la historia tiene dos planos que se corresponden con el pasado y el presente de la vida del protagonista y de la España del siglo XX.
❑ Señala los acontecimientos políticos a los que alude a través de su historia familiar.
❑ Explica lo que representa el sentido metafórico del título en la vida de una familia y en la sociedad española. (Las páginas 39-41 son especialmente esclarecedoras).
❑ ¿Qué episodios marcaron la infancia del personaje?

En muchos momentos de su relato el protagonista evoca escenas familiares que permiten conocer la mentalidad de su familia y la educación que recibió.
❑ Comenta lo que observes en las páginas 36-39.

❑ De comentarios que hace el protagonista ¿se puede deducir lo que estaba siendo la guerra para él? ¿Y para su familia? (Fíjate en las páginas 40-41 y 49-50).

«La guerra avanzaba por otras regiones; por allí, nada; en aquel sector, nunca hubo nada. Cada mañana se disparaban unos cuantos tiros de parte y parte [...], y sin ello, hubiera podido creerse que no había nadie del otro lado, en la soledad del campo tranquilo». («El tajo», Francisco Ayala). En la imagen, la aviación rebelde bombardeando un reducto enemigo (c. 1936-1939).

❑ ¿Qué crees que le mueve a buscar a la familia del «miliciano» muerto? ¿Por qué crees que la madre reacciona como lo hace?

La trastienda de los ojos

Este cuento habla de la incomunicación, de la distancia que existe entre la realidad exterior del personaje y su mundo de preocupaciones interiores.

Un cuento de Carmen Martín Gaite

❑ ¿Desde qué punto de vista está contado?

❑ ¿Qué pasa por la cabeza del protagonista?

❑ ¿Por qué la autora escoge la imagen de los «ojos»? ¿Qué pretende sugerir con ese título? (Fíjate en las páginas 66-67).

EL COCHE NUEVO

Un cuento de Francisco García Pavón

Desde una perspectiva desenfadada y humorística, el autor recrea una escena que cuenta lo que representa la llegada del «progreso» al mundo rural. Esto le conduce a un comentario crítico sobre España.

❏ Investiga, a partir de la marca del coche, de la referencia a la llegada de la industrialización a España, la época en la que se sitúa el cuento.

❏ ¿Qué intención está detrás de la última frase?

Los planes de desarrollo económico de los años sesenta potenciaron la instalación de nuevas empresas mediante facilidades fiscales, subvenciones, ofertas de terrenos, etcétera. Fábrica de automóviles Seat 600 (c . 1965).

PECADO DE OMISIÓN
Esta es una historia, como otras muchas de su autora, ambientada en el mundo rural de la posguerra. En ella destacan «buenos» y «malos», ganadores y perdedores.

Un cuento de Ana María Matute

❏ Resume brevemente su argumento.

❏ ¿Qué sentimientos mueven al protagonista a actuar como lo hace al final?

❏ ¿Cuál crees que es el sentido del título?

LA DESPEDIDA
Aquí se recrea una escena llena de ternura y emociones contenidas: un matrimonio de ancianos por primera vez se separa porque él debe ir al hospital.

Un cuento de Ignacio Aldecoa

❏ Señala los detalles con los que el autor logra crear el ambiente que reina en el departamento del tren.

❏ Descripción y diálogo son fundamentales. ¿Qué efecto se consigue a través de esos dos procedimientos?

❏ ¿A qué época corresponde la escena? ¿Consideras que hay en ella algún valor testimonial? Razona tu respuesta.

De nuevo la frase final es fundamental para entender el sentido de lo narrado.
❏ Explica qué pretende sugerir.

AQUELLA NOVELA
Una anécdota insignificante sirve de argumento a la idea de contar de lo que es capaz un libro.

Un cuento de Medardo Fraile

❏ Resume, en pocas líneas, el contenido de este cuento.

❏ Piensa en alguna novela que para ti haya significado algo especial. Redacta un breve texto con tus recuerdos.

LOS TEMORES OCULTOS

Un cuento de Luis Mateo Díez

Esta escena mezcla realidad y ficción para contar, precisamente, la experiencia de quien se dedica al oficio de escribir. El narrador —autor de esa escena— piensa en sus personajes, imagina para ellos una situación. Durante ese proceso, reflexiona sobre los poderes del novelista.

❏ ¿Cuáles son esos «poderes» a los que alude? Explícalo con detalle.

❏ ¿Qué suceso desencadena la intriga de este cuento?

❏ ¿Es posible distinguir lo que imagina de lo que en realidad le sucede?

❏ Fíjate en cómo termina su relato ¿A qué crees que se refiere cuando alude a los «temores ocultos»?

UN RUIDO EXTRAÑO

Un cuento de Juan Eduardo Zúñiga

Este cuento tiene el ritmo y la ambientación propias de una secuencia cinematográfica. Alguien desciende por una calle, oye un ruido y se ve implicado en la escena de una persecución sin sentido. Buscando la causa que lo produce compara el lugar en el que se encuentra con la situación del país.

❏ ¿Qué efecto produce la narración en primera persona?

❏ Señala las frases en las que se establece un paralelismo entre el «barrio» y el «país».

«A los trece años, se le murió la madre, que era lo último que le quedaba. Al quedar huérfano ya hacía lo menos tres años que no acudía a la escuela, pues tenía que buscarse el jornal de un lado para otro». («Pecado de omisión», Ana María Matute). Evacuación campesina en Villaverde Bajo, durante la guerra.

❏ ¿En qué época está ambientado este relato? Razona tu respuesta.

LOS BRAZOS DE LA I GRIEGA

En este cuento se mezclan dos planos: un viaje a Nepal y un suceso de la memoria.

Un cuento de Antonio Pereira

❏ Resume brevemente cada uno de los planos.

❏ ¿Qué detalles relacionan esos dos mundos que asocia el narrador y protagonista?

❏ Relaciona las dos historias con la imagen que sugiere el título.

EL NIÑO LOBO DEL CINE MARI

Un misterioso suceso le sirve al autor para mezclar fantasía y realidad en un cuento sobre el poder cautivador del cine.

Un cuento de Juan María Merino

El cuento comienza con la historia del niño ya empezada, de manera que el argumento alterna pasado y presente mientras la reconstruye.

❏ ¿Qué ha ocurrido antes?

❏ ¿Qué le ocurre, en realidad, al niño?

❏ ¿Te parece creíble, coherente con el argumento, ese final? Argumenta tu respuesta.

ELLA ACABA CON ELLA

Un cuento de Juan José Millás

Un tema abstracto para indagar sobre la complejidad de la personalidad humana. Una mujer, cansada de la lucha entre la que es y la que quiere ser, se empeña en acabar con la imagen de sí misma que le impide su objetivo.

❏ ¿Te parece una historia real? Explícalo con detenimiento.

❏ ¿Qué es lo que le disgusta a la protagonista de sí misma? ¿Por qué?

❏ ¿Quién gana esa batalla?

❏ ¿Cómo resumirías la metáfora que identifica su vida con la casa y las reformas que quiere llevar a cabo? Redacta un breve texto sobre ello.

LAS LUENGAS MENTIRAS

Un cuento de Álvaro Pombo

Una mentira fortuita desencadena una historia que obliga, a su protagonista, a improvisar más mentiras que la van completando. Esto le conduce a llevar dos vidas paralelas: la real y la que se inventa con todo lujo de detalles.

«Atravesaba entre montones de tierra, balcones desprendidos, marcos de ventana, crujientes cristales rotos, ladrillos, tejas». («Un ruido extraño», Juan Eduardo Zúñiga). La calle Martín de los Heros, Madrid, bombardeada (c. 1936-1939).

❏ Resume brevemente esa vida «inventada» del protagonista.

En la página 137 tienes un buen ejemplo de lo que es un eufemismo.
❏ Explícalo a través de los términos con los que el personaje se refiere a sus «mentiras».

En ese proceso de ir encadenando minuciosamente datos falsos está la explicación de cómo se construye una ficción.
❏ Vuelve a leer con detenimiento las alusiones que aparecen en las páginas 138-142 y señala las palabras en las que el personaje justifica cómo se siente frente a su «engaño».

Fíjate en el estilo, está lleno de recursos propios de un autor culto.
❏ Señala y explica los ejemplos que lo confirmen.

II. ACTIVIDADES GLOBALES

❏ De todos los cuentos leídos selecciona aquellos en los que el argumento alude a situaciones que, para un lector actual, tienen un valor testimonial.

Una historia secreta Decíamos en la introducción que todos los cuentos esconden una «historia secreta» tras el argumento.
❏ Escoge la que más te ha gustado y explícala.

❏ Señala la historia que creas que tiene un tratamiento más subjetivo y la que te parezca más realista.

Un final logrado La forma de poner punto final a un cuento es fundamental para su logro o su fracaso.
❏ De todos los seleccionados ¿cuál te parece más sorprendente? ¿Por qué?

Recuerda al protagonista de «El tajo»: un olor del presente le evocaba un suceso del pasado.
❏ Realiza un ejercicio similar: escribe sobre un olor que asocies con una vivencia de la infancia.

❏ Siguiendo el ejemplo de lo que hace el autor de «Ella acaba con ella», escribe cómo te sientes en el espacio de tu casa en el que sueles refugiarte; observa y explica cómo los objetos personales suelen hablar de ti.

Inventar una historia ❏ ¿Cómo explicarías el proceso que requiere inventarse una historia? ¿Qué ingredientes son imprescindibles? Redacta un breve texto sobre estas cuestiones.

GLOSARIO DE FIGURAS LITERARIAS ANOTADAS EN ESTA SELECCIÓN

Digresión: Consiste en apartarse del argumento principal de un relato para ocuparse de alguna cosa que surja en relación con él. Por ejemplo, en «El tajo» son continuas las intervenciones del pasado del protagonista a través de sus recuerdos; en «Los brazos de la i griega» sirven para crear una historia paralela, que sucedió en otro lugar y en otro tiempo, y se recupera a partir de impresiones y asociación del protagonista. En ambos casos, ayudan a completar y comprender el sentido del cuento.
Eufemismo: Palabras o expresiones cuyo empleo intenta evitar el campo de palabras consideradas groseras, vulgares, socialmente inadecuadas o moralmente reprobables; por ejemplo, en las «Las luengas mentiras», el protagonista nombra sus engaños como «omisiones tontas», «inexactitudes piadosas».
Ficción: Mundo imaginario que construye un escritor con su relato; en él rigen unos criterios de verdad que son diferentes de la realidad. Cualquier relato valdría como ejemplo, pero el titulado «Ella acaba con ella», de Juan José Millás, sirve para entender de modo especial cómo el espacio de la *ficción* puede contener las historias más imaginativas y audaces.
Ironía: Consiste en decir lo contrario de lo que se piensa de tal forma que, por el contexto, el receptor pueda reconocer la verdadera intención del emisor. Aparece en numerosas ocasiones, por ejemplo, véanse las notas 1 y 4 de «Las luengas mentiras» (pág. 134).
Metáfora: Consiste en sustituir un término real por otro imaginario en virtud de una relación de semejanza que hay entre ellos. Dos de los títulos de esta selección sirven de ejemplo. «El tajo», de Francisco Ayala, juega con la imagen de un «corte», que es lo que supuso la Guerra Civil en España, igual que el episodio del enemigo muerto supone un «corte» en la vida del protagonista. «La trastienda de los ojos», de Carmen Martín Gaite, se sirve del término «trastienda» para sugerir esa «dependencia», ese «almacén» al que va a parar todo lo vivido; ahí guarda el personaje del cuento su verdadero mundo interior.

NUEVA BIBLIOTECA DIDÁCTICA

Otros títulos de la colección

E l *Romancero* es una de las manifestaciones literarias más representativas del espíritu del pueblo. Los romances se han mantenido a través de los siglos transformándose en la memoria colectiva que sus autores anónimos fueron creando con sus composiciones poéticas. Por sus aspectos humanos y artísticos, el *Romancero* es una de las obras cumbre de nuestra literatura.

NICOLÁS MIÑAMBRES, autor de esta edición, es catedrático de Lengua y Literatura en el Instituto Legio VII de León. Ha publicado estudios sobre el teatro del Siglo de Oro, Lorca y Valle Inclán, y sobre la novela española contemporánea. Colaborador en distintos medios de prensa, ha preparado también ediciones del *Romancero* y de *El sombrero de tres picos*.

La indiscutida preeminencia de Bécquer en el conjunto de la poesía romántica ha eclipsado a muchos otros poetas de calidad más discutible y de menor difusión, pero cuya representatividad, en cuanto a las plurales características ideológicas y estéticas del Romanticismo, es incuestionable. Esta antología pretende, desde la diversidad de autores y obras seleccionados, ofrecer a los jóvenes una visión más exacta de la poesía romántica española.

JULIO HUÉLAMO KOSMA es profesor del I. E. S. «Cardenal Cisneros» de Alcalá de Henares. Además de en el aula, ha mostrado su dedicación docente en numerosas publicaciones de carácter didáctico, así en varias ediciones críticas (*La casa de Bernarda Alba, Teatro contemporáneo*). Artículos y monografías jalonan su actividad investigadora.

El cuento es uno de los géneros literarios de mayor difusión en la Edad Media. En el origen, formación y desarrollo de los cuentos medievales españoles confluyen dos influencias: la de las colecciones de cuentos orientales y la de los llamados «ejemplos», es decir, los cuentos de la Europa cristiana. En este libro ofrecemos una selección de ejemplos de *El conde Lucanor* y una muestra de distintas colecciones de cuentos: *Sendebar, Calila y Dimna, Castigos y documentos de Sancho IV* y el *Libro del caballero Zifar*.

JOAQUÍN RUBIO TOVAR, autor de esta edición, es profesor de Literatura Medieval. Traductor de obras de la Literatura Medieval francesa, ha publicado diversas ediciones de clásicos y artículos en revistas especializadas, como los dedicados a los libros de viajes en la Edad Media.

Casi todos los grandes novelistas del siglo XIX español probaron fortuna en el cuento corto. Tres cuentos de *Clarín* —entre los que no podía faltar «¡Adiós, Cordera!»— tres de Emilia Pardo Bazán, dos de Alarcón y otros dos de Valera, Pérez Galdós, Pereda y Palacio Valdés componen esta espléndida muestra de la mejor cuentística de nuestro siglo XIX.

JOSÉ ANTONIO PONTE FAR, autor de esta edición, es catedrático de Lengua y Literatura en el Instituto Concepción Arenal de El Ferrol. Ha publicado estudios sobre Torrente y Cela, el libro *Ciencias y Humanidades,* así como una aproximación escolar a la *Renovación de la novela en el siglo XX,* editado en la «Biblioteca Básica de Literatura».